黃榮村 著

從沒停止過的思念

目錄

輯二　藝文札記

輯三　師友人物志以及從沒停止過的思念

序

風雨人生與藝文札記

本書所述的人生事件、藝文論述與校園師友人物志，寫的是人生中最溫暖、最具支持性的重大力量。這條情感軸線，所對應的是人一生中最為厚重的志業，那是由理性與努力所打造出來的另一條軸線。有人說這兩條軸線必須要互涉，兩條軸線之間一定要能夠穩定的連接起來，才能創造出意義，也是一輩子安心立命之所在。就像DNA兩股螺旋狀軸線之間，是靠氫鍵緊緊連接在一起，這個能夠緊緊連住理性與情感兩條軸線的人生氫鍵究竟是什麼？羅素在其一九六七年開始出版的自傳前幾行中，已經替很多人講了：「簡單但絕對強烈的三股熱情，主宰驅使了我的一生：對愛的渴求，對知識的追求，與對人類苦痛壓抑不住的憐憫。這些熱情就像颶風，將我的一生吹得東倒西歪，帶領我越過痛苦的深邃海洋，直達絕望的岸邊。」

哈佛大學心理系／社會系／人類學系館叫作威廉·詹姆士館（William James Hall），被旁邊一棟以建築學院為主，建得也不怎麼樣的Gund Hall居民，稱之為是哈

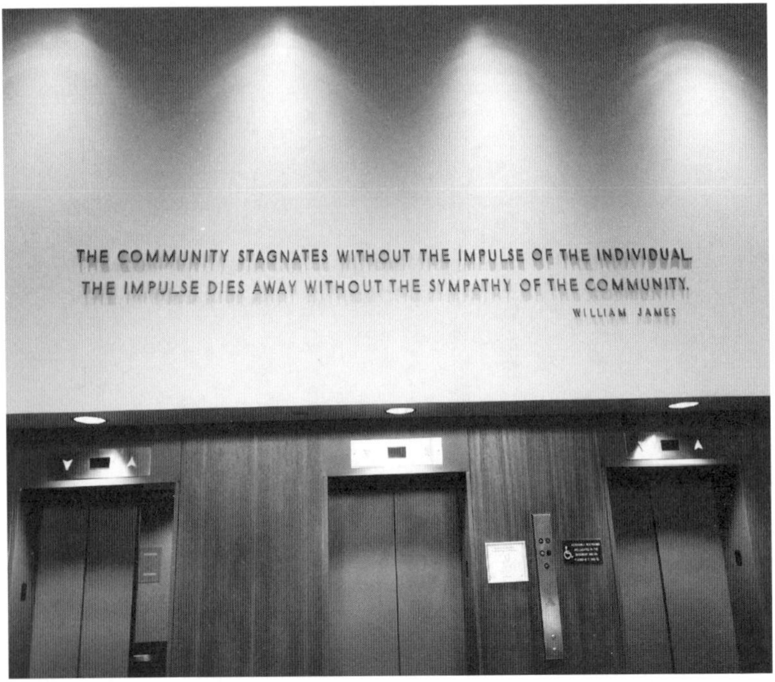

哈佛大學 William James Hall 的入口鐫刻，「沒有個人的創意激發，社群將因之停滯；沒有社群的情義相挺，創意將日益枯萎。」（馮嬿臻／攝）

佛校區最醜的布爾喬亞式建築。在其入口門檻上，鐫刻了威廉詹姆士講過的一句話：「沒有個人的創意激發，社群將因之停滯；沒有社群的情義相挺，創意將日益枯萎。」（The community stagnates without the impulse of the individual. The impulse dies away without the sympathy of the community.）拿這段話與剛剛羅素講的話對照一下，也有相互呼應之處，這些具體主張，對我而言，都是可以將人生兩條軸線緊緊黏住的氫鍵。我一直想找出威廉·詹姆士所說的這兩句話，因為這是三十幾年前在哈佛時天天會看到的話，但再常見的話語，經過三十幾年後也很難呼叫出來，沒關鍵字時也不容易從Google下手，因此過了這麼多年後起心動念，請在哈佛公衛學院念書的馮嬿臻，幫忙照一張照片來提供精確的字眼，以捕捉這段記憶的迷航。

本書試著將文集、談藝、評論與懷念文章合併成一輯，偶爾嘗試一次，應該也無妨吧！所輯文章大都意有所指，人生痕跡與感覺在必要時皆作適度交代，以符應莎士比亞所主張的，舞台上的聲音與憤怒，不能沒有人生的意義作支撐。

謹提幾句，交代成書經過與不同文類合輯之性質，是為序。

輯一

走過風雨人生

遊學人生：iPhone 筆記

一生中經常作公務與學術旅行，旅途中不只有風情，更有機會學習到很多新東西，形成若干新觀點，既然一路走一路學，那就叫做「遊學人生」吧。底下是 iPhone 的備忘錄功能流行後，在旅程中有空就寫這麼一兩段的分年小彙編。用 iPhone 寫的好處是一定言簡意賅，憑感覺一氣呵成，假如什麼都要查清楚才下筆，那一定寫不到精神裡面去。當我不想花太多時間做瑣碎的考證比對時，就會說有時勤查資料根本交代不了感覺，而且若還沒寫完感覺就查資料，那感覺可能很快就消失得無影無蹤。另外，講更直白一點，這就是文人與學究之間的差別，而我是更喜歡當文人的！

紐奧良的悲哀

在美國 Katrina 風災（二〇〇五年八月三十一日）一年半後訪杜蘭（Tulane）大學，

透過陳紫郎教授的安排，順道看了紐奧良災區的重建進度，災害規模龐大，進度顯然極不理想，我已將這一段觀察寫在《台灣九二一大地震的集體記憶：九二一十周年紀念》一書中，不再贅述。參訪當時恰巧碰上全程狂歡的 Mardi Gras，這是一個從街道車陣中丟出一串串源源不絕、各色各樣玻璃珠的慶典活動，與巴西里約熱內盧的嘉年華會一樣，同享盛名。紐奧良有全美知名的特大會議中心，更別說法國區（French Quarter）是當年領導流行的 Jazz 發跡之處，還有吃沾甜粉的美食。

杜蘭大學醫學院，是我們的簽約合作學校，旁邊的醫院在當年風災時，發揮很大功能，但現在已非大學的直接附設醫院。校本部就在密西西比河旁邊，那是美國的母親河，真是風光明媚，怪不得有南方哈佛之稱。至於杜蘭大學接受 NIH 與 NSF 資助的靈長類動物中心（Primate Center），更是壯觀，以前何大一也在那邊做過實驗，但要過去可沒那麼簡單，須經過一條開車四十幾分鐘，全美最長的跨海與跨海岸濕地大橋，中間還有讓你能夠停車休息的設計。

這樣一個城市，竟要面對總損失超過八百億美金的 Katrina 風災（大約是九二一震災災損的十倍），而且人口外流的慘狀是台灣所無法想像的。依據《時代週刊》（Time）二〇〇七年的調查，紐奧良人口從災前的四十五萬人降為二十六．五萬，公共運輸搭乘量從十二．四萬降為二萬，公立中小學學生數從七．八萬降為二．六萬。這是台灣九二一震災或八八風災所看不到的場景，就像是逃難，人去樓空，與台灣災變現場形成強烈對比。雖然出走的人還是會陸陸續續回來，但卻是回不全的，兩地之人對土地與鄉里的認同，顯然有系統性差異，也深刻影響了重建的效率與品質。

（2007 / 2015）

聖多美普林西比

這是二〇一〇年六至七月中國醫藥大學安排人數達二十三人，亞洲第一次「重返史懷哲之路」到西非加彭共和國蘭巴倫，參訪史懷哲醫院的前一站。

陳忠大使在大使館接待我們，並安排與政府及新聞界見面，到蚊子博士連日清教授的工作團隊，與外交部由台北醫學大學負責的國際醫療隊，了解他們的努力與成果。他一定很遺憾在二〇一六年發生的斷交事件。在本地的醫院，發現四處可看到中華民國國徽，就好像當年美軍協助台灣麵粉袋上的美國國徽。台電也在此地裝設了一座二十萬千瓦容量，可供應全島發電需求的小型電廠。

聖多美普林西比過去是葡萄牙殖民地，有歐洲風味，站在山頂上望向蔚藍一大片無止無境的海洋，宛如仙境，但愈走進陸地裡面愈像一般人對非洲困苦地區的印象。這種感覺很快讓我想起九二一第一個周年時，旅日名歌星翁倩玉心繫故園，重返南投，在白冰冰主持的晚會上，與彭百顯縣長及我合敲和平鐘，並且說了一句很有觀察力的話：「災後一年，很多事表面上看起來已有改善，但愈走到裡面，問題愈多。」

台中榮總神經外科的江明哲醫師，曾在二〇一一至二〇一二年當過西非聖多美醫療團團長，送我幾張郵票，那上面是聖多美普林西比最懷念的兩位偉人：艾丁頓（Arthur Eddington）與史懷哲。在宇宙圖像的研究中，近百年來有幾件最出名的預測與實證，如直行的光線在經過巨大的恆星時會彎曲、哈伯望遠鏡觀測到紅位移證實宇宙往外擴張、偵測到遠古宇宙背景輻射推論宇宙誕生時的第一道光（the very first light）、發現黑洞、發現暗物質與暗能量、間接確認重力波的存在（天文物理學家徐遐生校長告訴我，要直接觀測到，應是十年之內就會發生的事情）等項。「直行的光線在經過巨大的恆星時會彎曲」，是愛因斯坦在一九五一年十一月廣義相對論中的推論，已預測出其彎曲或偏折幅度，但第一次是由艾丁頓在日全食時予以證實。

英國劍橋的明日之星天文學家艾丁頓，在一戰期間規劃為一位素未謀面的敵國物理學家作理論驗證，於一九一九年（正值一戰之後）五月二十九日下午二點十三分五秒，在沒人知道的地方普林西比島觀測日食，作理論驗證，最後讓愛因斯坦一舉成名天下知。他們在普林西比島上架設儀器，在日全食時照出通過全黑太陽旁的光線軌跡，以確定究竟會產生多少偏折。事後彙總另一組在巴西的探測隊照片（雖然主望遠鏡因烈日高溫鏡面膨脹不均而失敗，但另有一組四英吋望遠鏡反而小兵立大功），合併計算推估，大約是如愛因斯坦所預測的偏斜一．七角秒（seconds of arc）一樣，意即太陽確實透過其重力，讓周圍的空間扭曲（同理，時間也會依據周圍的重力有多強而扭曲），讓來自遙遠畢宿星團（Hyades）的星光，沿著空間依計算所得的彎曲通道行進，而得到光線彎曲的結果。他們在過了半年之後（一九一九年十一月）才在倫敦召開英國皇家學會與皇家天文學會聯合會議，宣布這項重大發現，成為世界重要報紙的頭版頭，不只是科學界也是人類文明之一大盛事。倫敦《泰晤士報》適度報導了這場會議，《紐約時報》的高爾夫球運動記者 Henry Crouch 則將新聞做得更大，雖然他自稱對四維時空數學一竅不通，但在其熱情感染下，《紐約時報》作了一個聳動的標題「滿天星光皆轉彎．愛因斯坦理論大勝利」（這段有趣的歷史，可以參見 David Bodanis, 2016 *Einstein's Greatest Mistake: A Biography*. Boston: Houghton Mifflin Harcourt.；黃靖雅譯《愛因斯坦最大的錯誤》，二〇一七，台北市：天下文化。）

附上幾張紀念艾丁頓（Arthur Eddington）與史懷哲的郵票，從這兩種紀念郵票表現出來的精神是，聖多美普林西比多麼想要與這兩位名人繼續保持歷史性的聯繫！

兒子自費來當志工，他正面臨選擇的苦惱，究竟是繼續當一位生化科學家，還是依循自己興趣與熱情當演奏表演者及電子音樂編曲製作的音樂人。我想應該讓他走一趟史

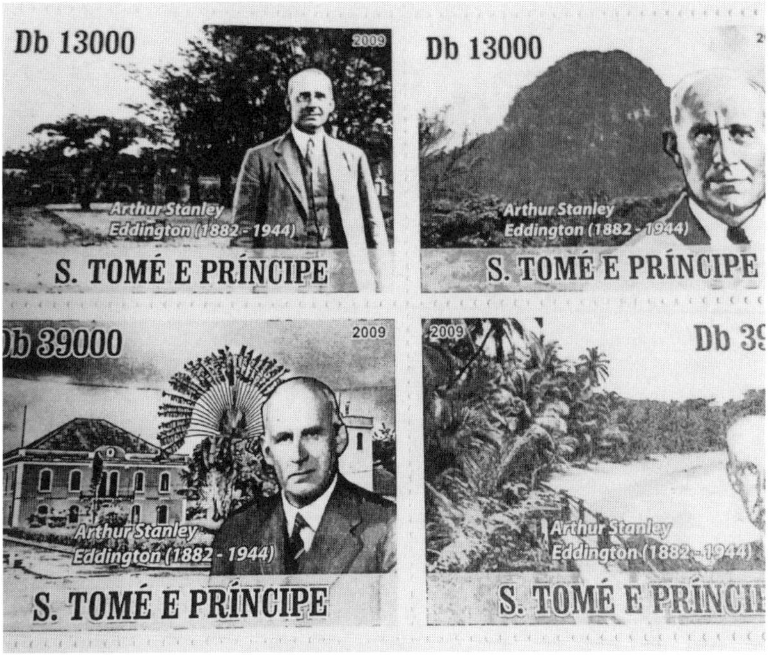

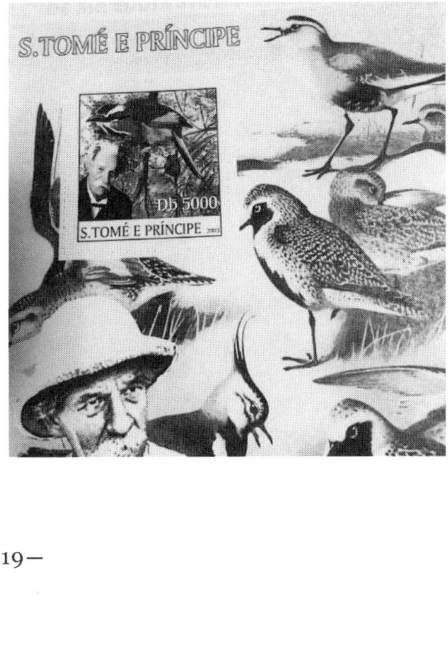

上：艾丁頓（Arthur Eddington）曾於聖多美普林西比島上觀測日食，證實愛因斯坦的理論。

下：聖多美普林西比發行的史懷哲紀念郵票。

一九九四年作者兒子國三時與台大學長參加四一〇遊行。

懷哲的旅程。他從小就具有創意與領導者的素質，特立獨行，在台大醫學院與中研院的時候，有時被要求做一位兼顧音樂的科學家，就會自稱想作一位兼顧科學的音樂家。總之，他是反叛成功，而大家都錯了，因為他自有想發展的人生軌跡。少雍從小到大就一直在台大校園出沒，自稱依時間早就念完全套學位，在國小時常與我的老師楊國樞聊天，最近去探望楊老師（二〇一五年七月三十一日），想起他以前常愛跟我說，以後不要一直要少雍研究科學，你兒子很適合學歷史。在他的婚宴上，蔡英文問我對兒子的志業轉變，看法與感覺如何，我想蔡走上政治這條不得了的大路，應該不是友人與家人的早期期望，也不

上：作者與兒子二〇一〇年在加彭蘭巴倫史懷哲醫院紀念館前。
下：作者兒子二〇一〇年於普林西比參加「重返史懷哲之路」。

是自己原先規劃的方向吧。坦白講，我還是不會回答這類問題，因為真要講，我也屬於這類人。

事後想想，其實前因後果都在那邊，只是父母一般而言宥於成見，可能一輩子看不見或不願看見。譬如說，他在學齡前開始懷疑有沒有聖誕老公公這件事時，就要我們在聖誕老公公半夜來的時候請他簽名證明來過，我們的仿簽他當作沒看到，像個沒事人一樣，隔年就揭穿老公公偷家裡東西當禮物，我們都很識相，知道小小科學家出手了，他風度好也沒直接拆破，之後大家就再也不提了；在他年紀小小時就一路找兄弟象球員與大衛魔術要簽名，也開始學音樂與繪畫。小學時發行影印報紙，拿到學校每份收成本費一元，有時間就自組「室內樂團」灌製錄音帶，開始畫小奇奇漫畫系列，每天從早忙到晚。在國小參與演出時，盯著台上老師指揮的身體與手勢，那種專注的眼神，令人驚訝。國中則自組「民族幼苗隊」到台大找人挑壘球；在國三時到我辦公室拉了二十來分鐘的舒伯特，之後問我是繼續拉，還是回頭專心準備考高中？高中作校刊社社長，又要準備進大學，自稱是蠟燭兩頭燒。大學時不忘民族幼苗隊初衷加入棒球校隊。

從這種源遠流長的個性與作風看來，當他決定要走出實驗室時，我們所能作的大概就是在兒子同意下支持他，協助他畫畫人生的長弧。附上他幾張照片，留在這裡當個紀錄，第一張是與台大學長參加一九九四年四一〇遊行的照片，他那時讀國三，拿的應該

上：作者兒子於二〇一五年獲得金音獎最佳電音專輯獎。
下：作者兒子少雍二〇一五年與樂團傑出夥伴合影。（韓立康／攝）

是當時最想要的「廣設高中大學」。接著兩張是參加「重返史懷哲之路」的團體照，再過來就是投身音樂的部分紀錄。

（2010／2016）

奈良、京都與名古屋

在日本東北二〇一一年三一一地震與海嘯與核災之後，應主辦人也是多年老友的Hirofumi Saito（齋藤洋典）教授邀請，於二〇一二年十月二十五至二十八日，到名古屋大學參加第十四屆東亞語言國際研討會暨腦與溝通大會（14th ICPEAL）。東亞語言國際研討會的前身，是一九七〇年代後期在台北開始的「中國語文認知研討會」（International Conference on the Cognitive Aspects of Chinese Language），當時由劉英茂教授主辦，之後隔兩三年在香港、北京、漢城（首爾）、新南威爾斯、東京等地舉辦，我在當台大心理系主任時也負責辦過一次。Saito於二〇〇七年時，曾替日本心理學會在東京舉辦的年會，負責一個國際的邀請專題，要我講有關台灣九二一大地震如何能夠有助於亞洲經驗整合之心理學觀點，文章以英文寫成，Saito將其翻譯成日文投影片供對照之用，他說花了不少時間。另外兩個邀請專題則由香港中文大學陳烜之講座教授（人類語言與雙語學習），與老朋友中科院陳霖院士（人類知覺）負責，會後我還與陳霖到京都匆匆一日遊。

這次會議台灣有好幾位同仁參加，出發之前我找了莊仲仁老師與鄭伯壎一齊舊地重遊，先去奈良與京都走一趟。莊老師出身長老教會牧師世家，讀過空軍官校，開過飛機，後來轉念台大，到日本讀研究所（日本東京教育大學，現在的筑波大學），也是我們念大學時的導師。

先到奈良東大寺鹿園之地，幾天之中看到一大堆來修業旅行的中小學生，走到入口處附近一角落，就有一種似曾相識的時空感覺，記起二〇〇七年三月底四月初與張長義及於幼華家，來奈良、京都、比叡山及琵琶湖一遊時，在此處碰到一小群小學生，我們剛好買了烤番薯香氣四溢，我趁機問其中一位小學生，可不可以送兩條給他們？他馬上問隨隊老師，我幫忙解釋，老師同意後，小孩開始算人數，平均切成十幾塊分出。真是不得了的教育！

在住宿的奈良飯店走廊牆壁上，看到今井凌雪書寫的蘇曼殊「春雨樓頭尺八簫，何時歸看浙江潮，芒鞋破缽無人識，踏過櫻花第幾橋。」（一九〇九年《本事詩》第九首）。在我眼中已不祇看到一位僧人，更是一位感性的寂寞思鄉旅人。這是一首故鄉之詩，不過在旅舍內品題此詩，是要人在旅途中也起歸鄉之思嗎？另又見凌雪所書「莊子庖丁解牛，詩經呦呦鹿鳴」，就在長壁周圍。這真是一個充滿漢文化氣息的老城，尤其是城外的法隆寺，粗看之下唐風十足。唐時鑒真（鑑真）和尚費盡千辛萬苦，六次嘗試東渡，西元七五三年才終於抵達日本，於年老失明之下開展十年傳燈志業，在奈良時從東大寺遷居唐招提寺（日本律宗的總本山）講經，除了開宗立派外，他也是一位醫家，傳東漢張仲景的中醫《傷寒雜病論》與唐孫思邈的《千金藥方》等類理論與實務，下開日本漢方醫藥傳統。

晚上離開繁華區的民居，走入幽靜小巷，在奈良秋天夜色下，徐徐的身影越走越遠，空巷足音逐漸淡去，還真有點像我們當年在台大念書時，晚上安安靜靜的台北溫州街。

接著走訪比叡山延曆寺（最澄大師七八八年天台開宗，已歷一千二百多年），這是日本佛教諸宗派發源地，包括有天台宗、淨土教、檀那流、融通念傳宗、臨濟宗、淨土宗、淨土真宗、曹洞宗、日蓮宗、時宗、天台宗也派、天台宗真盛派等。在日本戰國時代，大阪石山本願寺住持顯如與織田信長對抗，比叡山僧兵精強，加入顯如陣營，導致織田信長不祇火燒比叡山，還大開殺戒。去奈良京都一遊的人，往往漏掉法隆寺與比叡山，只因為在市郊路遠之故，實甚可惜！

金閣寺以前是足利義滿御所之一（銀閣寺則曾是足利義政御所），也是臨濟宗佛寺。

一九五〇年焚毀後於一九五五年重建，已列入 UNESCO 世界文化遺產。入寺看到「最後之文人」的演講海報，三島由紀夫在小說中火燒金閣，為的是讓她變成「最後的金閣」。科學界大家想爭第一，文學境界卻求最後，似有道理焉。仁和寺在金閣寺旁，不如金閣有名，其重要性則遠過之，乃歷代天皇與親王御建之所，為世遺文化財與真言宗總本山，仁和寺的二王門則是京都三大門之一。

回到名古屋大學開會時，Saito 告訴我名古屋大學教師與校友中已有四人獲諾貝爾獎，物理與化學各兩位，正等待下兩位在 LED 材料上之貢獻得獎（已於二〇一四年得物理學獎），顯係以理工為主之大學。其中野依良治（Ryoji Noyori）在二〇〇一年獲化學獎，他那時已當過理學部長，應有機會出任校長，但國立的名古屋大學選校長，好像要由教職員票票等值選出，包括醫院人員在內，所以一般是由票多的工程或醫學院勝出。

Noyori 在二〇〇三年十月到 RIKEN（日本理化研究所）當理事長，這是一間年度預算超過十億美金的高等研究機構，能人輩出，他出任後可謂功績卓著。後來 RIKEN 一位年輕剛拿博士學位的研究人員小保方晴子（Haruko Obokata），在二〇一四年一月的 *Nature* 同一期上發表兩篇論文，主張體細胞經由外界刺激環境誘發（如放入低 pH 值的微酸液體，就像把體細胞放入柳丁汁中一樣），即可表現出類似胚胎幹細胞的諸多功能（稱之為 STAP）。由於這種製作幹細胞的方式簡單到令人驚訝驚豔，將體細胞放在微酸（pH 5.7）溶液，三十分鐘後即可得到 STAP（stimulus-triggered acquisition of pluripotency）！而且合作者又都是世界知名科學家，因此甫一發表即受全球矚目，但很快的就有人舉證歷歷指出該系列論文作假。RIKEN 經過內部調查後發現真的無法善了，野依不得已在三月十四日出面正式道歉，我當時人在京都，十五日一早就看到日本報紙頭條，RIKEN 為 Haruko 等人在幹細胞研究上的重大失誤道歉，真是令人遺憾。這兩篇論文旋即在七月二日撤下，當年八月，小保方晴子的導師也是論文合著人笹井芳樹（Yoshiki Sasai）在神戶自殺，另外一位合作者哈佛大學幹細胞研究團隊領導人 Charles Vacanti，則被哈佛與附屬醫院停權。之後，小保方晴子的博士學位被早稻田大學撤銷，學位指導教授被停權；野依良治在隔年二〇一五年三月底，終於還是辭去 RIKEN 理事長職務。

日本人在面對榮譽與失德的緊要關頭，可說一點都不含糊，整個過程真的有點慘烈。在 Obokata 事件中，並未看到文部科學省與給研究經費的政府機關之明顯介入，這是一個懂得自律與自我了斷的學術社群，裡面的成員在其一生教育中，早就學會在時間到了時，如何自我了斷（這段歷史在另一篇〈學術敗德與領導失靈〉中，有更詳細之說明。）

名古屋大學在日本帝國大學之資歷上，還晚於一九二八年設立的台北帝國大學。以前成功大學找名古屋大學當為指標大學，其實還滿合適（都有大的工學院與醫學院），後來因台南市與京都市結為姊妹市之故，改找京都大學當為指標大學，京都大學當然更是一等一的大學，惟以文理著稱於世，成大在這方面還有更多的努力空間。

與 Saito 談起人工智能（AI）的問題，提到許峰雄，我在一九八〇年左右有一段時間，到 Carnegie-Mellon 大學找 Herbert Simon 教授（一九七八年諾貝爾經濟學獎，也是人工智能創始人之一），曾與許住在同一地方，當時他是孔祥重院士的博士生，後來到 IBM 協助發展出具有超級平行運算能力的 Deep Blue（深藍），一九九七年五月擊敗西洋棋世界冠軍 Kasparov。二〇一六年則是 Google 的 Deep Mind 所發展出來的 AlphaGo，將世界圍棋高手耍得團團轉，又不真正知道為何會輸，顯然 AI 水準又更上一層樓，孔祥重跟我說比深藍厲害很多。這種採深度學習的多層類神經網路，相較於一九五〇年代發展出來強調符號表徵（而非模擬神經系統），以及規則學習與演算法的 AI，其實在理念上大有不同。在一九六〇年代晚期 Marvin Minsky 與 Seymour Papert

對簡單人造神經網絡的發展，提出致命性的悲觀論調，說這種模仿腦部結構與功能（如視覺特徵偵測器）的簡單知覺機器（perceptron），無法解決最簡單的「相斥或」（exclusive-or, XOR）與圖形連接性（connectedness）的問題，讓AI與神經動力學界大受打擊，要經歷很長一段時間才得以恢復元氣，之後動力系統求穩定解、反向傳送（back-propagation）與大數據等技術愈來愈成熟，讓上百層類神經網路，在快速挑選參數調整閾限以及決定係數上成為可能，因此有論者說，AlphaGo的出現比預期早了十年！現在這些都通稱AI，已不再細分，但可以確定的是，為了要讓這些機器愈聰明愈有效能，已經不太強調一定要模擬或逼近人類智能，因為在應用領域上還是以目標導向為主，能很快抓到老鼠的就是好貓，太強調求教於人類智能，反而常「落於機後」。至於想要參考生物與腦部特性，以設計出盡量能逼近或模擬人類心智的AI，稱為強AI（Strong AI），則是哲學家、認知科學家與心理學家更感興趣，或隨時準備發動攻擊的問題。

Saito說在Deep Blue打敗世界西洋棋冠軍那天，日本宣布要在二〇五〇年，讓機器人能真正上場打籃球，Saito更提出應是在足球場上讓機器人與真人打一場，斬立決！機器人在視聽與語文能力上已大有成就，複雜的動作控制能力亦日有斬獲，機器人依所設計程式自己玩玩球應該還可以，但大規模球賽對抗涉及團體決策、合作策略、忍受低潮、互相激勵等項，什麼時候會有大突破與達到系統性的了解與可操作性，路大概還長。不過，就像 Herbert Simon 過去愛講的：Who knows（誰知道）？

Saito 是一位感性十足的人，在會議閉幕時，信手拈來一首唐朝于武陵的〈勸酒〉詩：「勸君金屈卮，滿酌不須辭。花發多風雨，人生足別離。」開國際會議時就像個家庭聚會，除了學術之外，還有很多人與人間的互動，將散處在世界不同地方的人，深深的綁在一起，期待下次再相見。

（2012 / 2015）

South Dakota 的石雕與惡地

二〇一三年八月我與 SDSU（南達科達州立大學）校長 David Chicoine 簽完兩校 MOU 後，跟他說既然來到 SD（南達科達州），就要花點時間把幾件事情聯起來，以便對 SD 形成一個有意義的地理拼圖。他們直覺上覺得很難，因為一條密蘇里河就將他們分出差異甚大的東邊與西邊，聽起來就像濁水溪把台灣分成兩邊一樣。河東是政府授地的大學 SDSU（land-grant university）與農業，河西是牧場與牛仔，之後匯流入密西西比河，該河才是真正在歷史上將美國分出東西之河。這裡流傳著瘋馬（Crazy Horse）、坐牛（Sitting Bull）、紅雲（Red Cloud）、蘇族（Sioux）、卡士達將軍（General

Custer），與傷膝河（Wounded-Knee Creek）屠殺事件（這是一個欺騙與背叛的故事）、小大角戰役（Little Big Horn Battle）的故事，但整個調子是悲哀的，時隔這麼久，再怎麼說明粉飾，也無法改變人打人人欺負人的歷史事實。

我們對美國印地安人的了解，恐怕以Cherokee與Sioux為主，他們人加起來，約台灣原住民各族人口總合。最主要的衝突是因為他們擋到了美國往西開拓之路，在財產權與交通及產業發展之看法上，也有極不相同的哲學觀點。他們又以驍勇善戰著稱，於是十九世紀的談判、欺騙與背叛、對決及流放，乃成為族群史、開拓史與流行文化之主題。不祇有舉世聞名之蘇族與政府的抗爭，亦有之前Lewis與Clark在美國總統授命下，進行的調查與安撫。我以前聽Paul Revere and the Raiders的名曲〈Cherokee族人〉（Cherokee Nation，不在南達科達州），當歌中一直說「我們會回來」（We shall return），事實上又回不來時，總覺感慨良多。後來我買了一大堆美國印地安人的專書，希望有一天能夠好好理出一個頭緒來。

選一處陰影下，遙看在陽光中發亮的四顆頭像，那是無人不知的「拉希摩山國家紀念地」（Mount Rushmore National Memorial）之總統面像石雕：依雕刻排列序是將軍華盛頓（George Washington）、文人政治家傑佛遜（Thomas Jefferson）、正派又喜歡冒險的老紳士羅斯福（Theodore Roosevelt）、律師人道家林肯（Abraham Lincoln），如所附照片。這是一九三〇年代後雕成的，已是小羅斯福（FDR）當政。雖然我有點懷疑若現在才雕刻，是否還會選老羅斯福，但 SDSU 剛退休的獸醫病理教授 David Zeman 認為老羅斯福入選並非偶然，他因調停日俄戰爭獲一九〇六年諾貝爾和平獎，另外則是因為他是美國國家公園創始人與自然資源保護者，所以對 David Zeman 而言，在國家公園裡放上他是天經地義的事。但對我而言，一九〇四至一九〇五年日俄戰爭是在中國土地上開打的，事後老羅斯福召開合會調停日俄，簽訂朴資茅斯合約（Treaty of Portsmouth），中國卻未參與亦未經大清帝國同意，合約中傷害中國利益之處所在多有，所以老羅斯福因為這件事旋即獲諾貝爾和平獎，對當時中國人而言，是一件無厘頭又欺負人的荒唐事。

我小時候讀過十九世紀霍桑（Nathaniel Hawthorne）的小說《石雕人面》，仍印象鮮明，尤其是篇末完結部分，記得大意是說，一位小孩整天看著山上偉人石雕人面長大，心中有無限嚮往，及長認真工作奉獻人群，老來兒孫成群，在旁人看來這位老先生的臉，與山上的石雕人面愈來愈像難以區分。該短篇小說之寫作時間先於 Mount Rushmore 石雕，以及尚未完成的五百多英尺 Crazy Horse 石雕，所以拉希摩山偉人石雕的製作，似有想雕出霍桑小說中想要傳達之精神的意思在。

黑山（Black Hills），像大峽谷一樣，屬層次分明的石灰岩峽谷，是必訪之地，尤其是在每年八月初。八月頭兩個星期是 Sturgis 摩托車展示與表演賽（Sturgis Motorcycle Rally）的國際級盛事，遍地的 Harley-Davidson 重型機車來自世界各地，依黑山法可以不必戴安全帽祇綁頭巾的老嬉皮，在黑山松樹森林區的彎曲大路上兜風，不亦樂乎。還有大規模的國家級惡地公園（National Badlands），如所附照片，台灣的月世界、利吉惡地、九九峰與苗栗火燄山相形見絀，但該區內找到的化石最早也只在三千萬年內，岩石沉積仍然年輕，顯非當年恐龍活動地，不過哺乳類化石很豐富。我曾見過昆明石林碳酸鈣的喀斯特（Karst）地質，延綿三百多平方公里，就像 South Dakota 大規模的惡地地形，不過地質狀況應該差別甚大，而且在暑期路過石林時，還有一大片桂花樹林，真是八月桂花香，兩地顯然有不同的風情。

看到這一片惡地的岩石地質，就想到近幾年來特別令人頭痛的全球氣候暖化問題，其中最常被提出討論的溫室氣體則是二氧化碳。裸露地表含有矽酸鹽礦物與石灰岩的岩石風化後，溶出新鈣，捕獲二氧化碳，形成新的石灰岩，或者將二氧化碳帶入海中，在海床上形成碳酸鹽沉積物，海洋地殼隱沒下沉之後，碳酸鹽又被分解釋放二氧化碳，經

上：從樹縫中看到華盛頓。

下：美國拉希摩山國家紀念地（Mount Rushmore）的石雕：自左至右為華盛頓、傑佛遜、羅斯福、林肯。

南達科達州（South Dakota）的惡地公園（National Badlands）。

由火山口噴出。由於地球經常性的板塊移動與不停的造山運動，補充了被風化的岩石，形成自然循環，讓全球溫度得獲穩定，但人類卻是其中最不穩定的負面因子，在工業革命之後一直累積提升二氧化碳在大氣層中的濃度。這樣看來，這一大片惡地對降低二氧化碳含量（包括自然產生與人為製造），應該也有一定的貢獻。

該州有一件世界聞名的發現，那就是挖掘出世界最大最完整的暴龍化石 T. rex Sue，現存放在芝加哥的 Field 自然史博物館（Field Museum of Natural History）。這是在「黑山地質研究所」（Black Hills Institute of Geological Research）工作的 Susan Hendrickson 在一九九〇年首先發現，並與該機構創辦人之一 Peter Larson 會同認定，Sue 就是以 Susan 名字命名的（Larson & Donnan, 2004）。至於 Sue 是如何死的？二〇〇九年獸醫 Ewan Wolff 與古生物學家 Steven Salisbury 等人，在 *PLoS One* 第四卷第九期發表看法，認為暴龍 Sue 應係死於當時鳥類所攜帶的微生物，寄生後口腔受感染，不能進食而亡。不過發現恐龍的化石與推測一隻恐龍是怎麼死的，是兩種性質很不同的科學，化石就是化石，沒什麼好抱歉的，很快就可鑑定真假，至於長成什麼樣，當然是在化石的基礎上發揮一點想像力，弄出一個講得過去的模型，假如你還是不相信真長成這個樣子，也是沒關係的。但猜測一隻恐龍是因為口腔疾病餓死的，那可是死無對證，而且時不我予，已經過了至少六、七千萬年，所有具生命跡象與生物活性之物，如 DNA、器官組織、細菌、病毒、代謝物等，早就灰飛煙滅，祇剩硬梆梆的化石。我不相信誰有把握去說好這件事，可以說到就像由化石資料判斷暴龍如何存在一樣。最好還是把這種研究當推理小說看吧。

SD 整州人數合起來都不如台中市多，若非因協助學生實習，到 SDSU 簽兩校校級合約，還真不知這裡有這麼多故事。South Dakota 的地質面貌多元，可以孕育出不同的景觀、化石與人文活動，很多是與我年輕時的閱讀及記憶相接的。我對恐龍的興趣又復活了，這一大片包括 Dakota、Idaho、Montana、Wyoming、Utah、New Mexico、Arizona、Colorado 等地，一直到加拿大洛磯山群（Canadian Rocky），與拍電影《侏儸紀公園》（Jurassic Park）的靈感發源地「Tyrrell 古生物博物館」（Tyrrell Paleontological Museum）等地，無非都是六千五百五十多萬年前恐龍橫行之地。現今的蒙古火燄山（Flaming Cliff）處之戈壁沙漠亦同。

誰主大地浮沉？何處不是它們橫行之地！為了解釋其滅絕，有兩種非常不同的理論，一為極端的災變論「小行星撞地球」（Asteroid Impact Hypothesis; 參見 Alvarez, 1997），另一為極緩慢的演化不利理論，兩者求證的過程亦極戲劇化。目前應以災變論占上風，因在墨西哥灣 Yuccatan 處海底找到一百五十多公里直徑的大凹洞，愈來愈多科學家相信有可能是直徑十來公里之小行星，或特大號隕石的撞擊坑。不過，今日仍有飛行類恐龍（鳥類），以及恐龍的近親鱷魚，這些存在表示，若真是一場大災難即可全部解釋 **K-Pg** 界線（Cretaceous–Paleogene boundary，白堊紀與古近紀界線；舊稱 Cretaceous-Tertiary 或 K-T boundary，白堊紀與第三紀界線，大約在六千五百萬年前）的恐龍命運，則原則上應誅九族，何以選擇性的留下他們（鳥類與鱷魚等）！可見還是要懷抱一點看遠古推理小說的心情，才比較容易進入狀況。

（2013 / 8）

Peter Larson & Kristin Donnan（2004）. *Rex appeal*. Montpelier, Vermont: Invisible Cities Press.

Walter Alvarez（1997）. *T. rex and the crater of doom*. Princeton, N.J.: Princeton University Press.

Atlanta 不只是巨大的航空轉運站

亞特蘭大也是 UPS、Delta、Coca Cola、Home Depot、CNN、CDC 總部所在地。小說與電影《飄》（Gone with the Wind）的故事發生地，作者 Magarette Mitchell 出生地，這裡的 Fox Theater 則是首演之地，費雯麗與克拉克．蓋博親來主持。大學則有 Georgia 大學、Emory、Georgia Tech、Georgia 州立大學幾間。我與喬治亞州立大學（GSU）校長 Mark Becker 是舊識，他在南卡洛萊納大學（U. South Carolina）協助 Sorenson 校長當教務副校長（Provost）時即已認識，這次來亞特蘭大是為了 GSU 一百周年、回訪以及來簽雙聯 2+2 學位備忘錄之故。

久聞 Atlanta 之名但沒來過，這裡是南軍 Robert Lee 將軍失去決定性戰爭之處，也是 Martin Luther King, Jr. 在這裡浸信會教堂宣教的地方、他的家鄉與三十九歲埋骨處，馬丁．路德．金牧師是公民不服從與非暴力行動傳統中，與梭羅（Henry David

Thoreau）及甘地並列的最重要人物。

凌晨到亞特蘭大在一九九六年，為紀念舉辦奧運建造的百年奧林匹克公園（Centennial Olympic Park），秋色滿庭園，紅楓處處，煞是好看，CNN與可口可樂總部就在兩旁。走到Peachtree街上，看到一面紀念碑座，上面寫「建造與奉獻給學習的促進」（Erected and dedicated to the advancement of learning），牆立四面每一面各寫一個人名：但丁、米爾頓、伊索、卡內基（Dante, Milton, Aesop, Carnegie），非常特殊的跨時代與跨界組合！旁邊就是Andrew Young Boulevard，Andrew Young先任市長再出任聯合國大使，替亞特蘭大爭取到一九九六年奧運的主辦權。

Emory大學則因可口可樂公司總裁Woodruff捐了三十億美金，其基金規模在一九七〇年代號稱僅次於哈佛大學，並以醫學院及附醫聞名。旁邊的疾病管制與預防中心（CDC）總部及實驗室沒幾棟樓，但名聞全球，台灣在SARS期間曾陸續互訪。

還有兩件值得報導的。石頭山（Stone Mt.）有Robert Lee將軍的石雕，當年由Mt. Rushmore的雕刻家承作，因未能如期作出，解約轉往拉希摩山去雕四位總統像，得以名揚天下，人生際遇真是奇妙又處處充滿希望。另一件是卡特因為當過喬治亞州州長，所以卡特中心與博物館設於此地，縱使這裡並非他的出生地。論者多以為卡特總統卸任後，在協助非洲河盲症治療與國際調解及救助上，表現出色，遠勝於任上。這種肯定要放在終身成就上予以了解，才不會有諷刺之意，美國地方百姓在這方面是相當厚道的。

（2013／11）

洛陽之歌組曲後續

二〇一三年趁到少林寺參加佛醫大會之便，順道赴龍門石窟一遊，回來後寫了一首長詩〈洛陽之歌組曲〉，送給以前台大歷史系同學們評讀，在他／她們大發思古幽情時，就鼓動老同學古偉瀛教授與攝影高手黃長生一起同遊北京、開封、洛陽與登封，剛好李黎與人望從 Stanford 要到鄭州大學醫學院，就約好在洛陽會合同遊龍門與看牡丹花展。二〇一四年四月八至十八日終於成行，並商請科學院老朋友陳霖院士安排這一路行程。

之前到北京多次，以學術性會議居多，因此與科學院、北大及北師大較為熟悉，那時七七與七八級的還未冒出頭（七七級指文革十年之後，首度恢復高校招生進去的大學生，十年空白擠成一年考，考上的優秀的不得了，但也可以說是更多人放棄了大學教育。）認得多位在文革受過苦跟我年紀沒差多少的研究人員，其中一位年紀比我大，在文革時已有一位在地上爬的兒子，夫妻兩人從科學院被調出下放到外地，匆忙之間將小孩託給鄰居代為照顧，沒想北京冬天以前習慣燒煤球，在不完全燃燒下常有一氧化碳，小孩可能喜歡這種味道（就像我們小時候喜歡聞汽車排放有燒焦味道的廢氣一樣），就湊過去多吸幾口，在鄰居家庭難以持續注意下，造成一氧化碳中毒，大腦缺氧。夫妻倆中間回來，小孩的腦子已經壞掉。比這些更嚴重的情事，所在皆有，真是時代悲劇。中國大陸文革開始時，我剛讀大二，其實不是很了解發生了什麼事，日後才慢慢多了解一些，不過還是難以深入，我想若非當事人，大概是很難去體會這種悲劇本質的。

北京的朋友知道我要過去，就先安排四月九日到北京中醫藥大學當了一晚上的臨時講座，作一個「有關中醫的科學與教育之若干觀點」的專題演講。本來是要與台大同班同學來了解一些都市歷史的，沒想還要正經八百作演講，所以就選個與過去辦學經驗有關的題目，大約分三點與在座師生交換意見，這些內容不免與要寫的遊記格格不入，不過中醫藥的發展與北京城的歷史也算是息息相關，就放在這裡作個紀念吧：

1. 人體經脈圖與感覺神經系統的對應問題。有趣的是從中醫文獻與教學實務上，人體經脈的運行路線以同側為原則，但當代科學所了解的感覺神經系統，則以交叉且透過視丘聯往大腦形成迴路為原則（嗅覺例外）。針灸之後可能作用於神經系統（傳導速度最快）、血管血流（局部性之流體律動）或內分泌系統（與大腦及身體功能調控之關係密切），當代研究者直覺上可能多數認定係作用在運作速度最快的神經系統之上。

針灸研究在討論安全深度與得氣深度時，也有人傾向認同神經傳導的說法。但針灸引發觸覺與痛覺背後之經脈運行機制，所採之同側方式（原則上如此，但有很多變形），與當代所知之感覺神經系統的交叉運作方式，並不相容。古代經脈圖早在後來發現感官系統交叉上行之前，即已標定畫就，因此可以嘗試在現代科學成果之上，予以修正。若不以為這是最好方式，則或可嘗試驗證針灸所引發之經脈走向，其實並非如現代研究者所言係搭建在神經系統之上，但有責任提出更合理更符現代醫學之運作機制。

2. 針灸、經脈、與CNS的關係。我在二〇一四年出版《大學的教養與反叛》書中，有一篇文章〈以儒醫為核心發展的中醫藥及針灸學術〉，已做了詳盡說明，請參看。刺激腳盤外側上的足太陽膀胱經（中醫眼科認為針刺此處，可治療眼疾），真的會通過大腦視覺區，去影響並改善視網膜上的眼疾？Cho *et al.*（1998）他們發表了一篇論文〈New findings of the correlation between acupoints and corresponding brain cortices using functional MRI. *PNAS, 95*, 2670-2673〉，引起很多人的興趣，但一直苦於無法複驗，這在科學界是很麻煩的問題。二〇〇五年曾與論文作者之一，南韓慶熙大學李惠貞教授（南韓BK21國家計畫支助的針灸研究中心負責人）交換意見，我認為扎針是觸覺，正常人之直接神經反應是在體感覺區（somatosensory）皮質部，而非視覺皮質部第一區V1。論文中亦未能說明，扎針是否改變了內分泌系統（如

acetylcholine 乙醯膽鹼），影響視丘之後再傳到 V1。還有，縱使在 V1 處看到有腦部神經活動之激發，該神經激發亦不能往下行到 LGN（側膝核，位於視丘，是視網膜到視皮質部之間的中繼站），因此應該也無法透過「皮質—視丘—皮質迴路」（Cortico-Thalamo-Cortical Loop），將神經訊號再下行到視網膜，來產生療效。二〇〇六年七月五日這群作者在很多人無法複驗下，決定在 *PNAS*，一〇三期，頁 10527 上聲明撤銷刊登該篇論文，距原來刊登時間已歷八年矣。

3. 如何形成醫派或學派，以及相關之循證醫學。在中醫過去長期發展過程中，衍生諸多學派：如傷寒學派、溫病學派、孟河學派、吳中醫派、燕京醫學、嶺南醫派、新安醫學、錢塘學派、永嘉醫派、蜀中醫學、扁鵲學派、北京宮廷醫學與北京御醫學派、海派中醫、滙通醫派、長安醫派、重點城市名醫方等。如何形成或驗證具有特色及具有臨床療效之醫派，係各區域中醫藥大學或中醫學院應盡之責任。另外，中醫學術國際化不足，缺乏如當代科學流通之標準教科書；中醫傳統上被期許為儒醫，不只看病還看人，需要強調歷史文化，琴棋書畫氣功之養成的人才培育傳統，則尚待恢復，並可藉此補足當代醫學教育之不足。將中醫放在當代醫學領域中討論，還有很多值得辯論之議題：如西醫重病灶之清除，中醫重病灶周圍環境之調理，兩者取向大有不同，是否可以得兼，又如何得兼？醫學是廣義科學的一部分，遵循的是標準之知識發現過程，要如何去考量並放入歷史文化思想在中醫之中，而又不致形成難以全面印證之各種特色醫派？這些問題顯然都還沒有簡單的答案。

北京當為帝都已有相當時間，走入國子監、闢雍與孔廟，階級井然有序，顯係官廟。國子監為中央官學或古時之大學，闢雍則為國子監之中心建築，為皇帝講學之所；相鄰為孔廟，以禮教地位而言，孔廟可鑲龍生九子，跳八佾，大學應是承擔不起的（五隻），連國子監內的闢雍飛簷上也只能站立七隻小龍。底下三張照片的小龍排列方式，真可說是階序森嚴，造次不得，沒去過的人日後可按圖索驥一番，也富饒興趣的。

再補一段孔廟與紫禁城飛簷的小小比較。曲阜與北京孔廟大成殿，飛簷上皆為龍生九子。北京官廟中皇帝講學之所闢雍，緊鄰孔廟正殿，飛簷上是龍生七子，應係表達帝王尊孔之意，而非以其身分不能用九子。北京紫禁城正殿太和殿（金鑾殿）飛簷上站著十神獸，是封建時代嚇人用的，表示皇權至高無上之意，皇帝居所則為九神獸，皇后為七。

此次來北京，還要再探市郊的潭柘寺與戒台寺。文革之後二十幾年，無神論仍然當

上：五隻小龍護衛著學習之地。
下：闢雍（國子監之中心建築）飛簷，站立著七隻小龍。
左：樹梢的九隻小龍，以禮教地位而言，唯有孔廟可鑲龍生九子。（黃長生／攝）

道之時，雖然南方寺廟已是香火鼎盛，北京附近的名山古剎仍然是沒什麼鳥聲，亦無香火。我在〈洛陽之歌組曲〉的後記中，寫了一段：「中國與日本帝都周圍的重要寺廟，如洛陽城外嵩山南麓下的會善寺與少林寺、北京城外的潭柘寺與戒台寺、奈良城外的法隆寺、京都的金閣與銀閣寺，常是離宮或國師所在地，要不然也是歷史悠久名聲顯赫，如『先有潭柘寺，後有北京城』之類，都是重要的文化財與古建築群。中國帝都之旁的寺廟香火樣態應該是很極端的，在舉國崇信佛教之時，帝都香火絕不落人後；惟政治凌駕宗教之時，帝都香火最多祇是蓄勢待發，當南方開始香火鼎盛的九〇年代，北京城外名剎古寺仍是山無鳥聲廟無香火來往無和尚。」

這次再看，雖略有不同，但看得出往來人群仍然是心不在此，人生找出口是山不轉路轉，本地人應該是在宗教之外找到了依歸，我們待的時間不夠長，難以理解。若要老和尚拄杖行經花木扶疏處，恐怕還得返回民間，找那香火繚繞處。

老同學高艾艾在我們出門之前諄諄教誨，一定要到密雲的司馬台野長城走一圈，走在陡峭的碎石路台階上，可謂是連走帶爬，一堂結結實實的體能訓練課，在氣喘吁吁下，往外一望雖然好一片風光，但就是起不了什麼思古幽情，或者什麼「秦時明月漢時關」之類的歷史感覺。這種時候最好還是多照幾張像，等回去以後看看，說不定一片寧靜，什麼感覺都恢復了。

開封的哀怨，河南大學的曲折故事

離開北京下鄭州轉開封去。古兄根據當地人提供的資料做了一點考證。開封歷史上常受黃河氾濫成災之苦，因此城上加城，迄於今日。在地勢上亦無天險，歷來兵災頻仍，城中舊址不是毀於兵火，就是仍沉在水中。光緒年間先廢八股（一八九八、一九〇一）再廢科舉（一九〇五年九月），廢掉已有一千三百年歷史從隋唐到明清的科舉制度，是清朝與古中國有史以來最大的革命性教育改革，縱使放在今日世界急速變革的教育架構

左：老和尚行經草木扶疏處。
右：在那香火裊繞處。（黃長生／攝）

密雲的司馬台野長城上，古兄往回一望。（黃長生／攝）

中，亦不遑多讓。開封的河南大學前身是河南留美預備學校，該地校址是一九〇四至一九〇五年最後一次科舉考試的試場，因為那時北京的試場已毀於八國聯軍之手。學校仍保留當年的部分舊址，我們去的時候六號樓正在舉行中國科舉文物展，包括有貢院筆記、光緒三十年甲辰恩科文獻，當年的鄉試解元捷報等等。

河南大學在民國初年還是全國六大國立大學之一，但在國共內戰後期，河南大學校長姚從吾率領全校師生南下追隨國民政府，最後在蘇州分裂，一些人到了台灣，姚從吾成為台大歷史系教授，古兄與長生都修過他的史學方法課。中共建政後，河南大學被降成開封師範學院，之後全力扶植鄭州大學。開封師範學院在併了幾所專科學校後，終於晉級成為省級的河南大學，心中其實還是有無限委屈的。古兄從河南大學博物館一塊教師名人榜中，見到台灣的幾位，如姚從吾、董作賓、杜元載（前師大校長）、劉季洪（前

一九〇四至一九〇五年中國最後一次科舉考試之所在，今為開封的河南大學。（古偉瀛／攝）

政大校長）、閻振興（前台大校長）、石璋如、郭廷一、蕭一山、李守孔等人，錢穆也曾在一九四八年任教過河南大學。

從開封到洛陽，主要是重訪龍門石窟與白馬寺，我已在二〇一三年的〈洛陽之歌組曲〉中寫了很多，不再多談。倒是洛陽師範學院有些特色，在博物館中收藏有四百多方墓誌銘，包括顏真卿的早期碑文。古兄自小學顏真卿體，就是那種胖胖厚厚的字體，他看到原跡，歡樂之情溢於言表。

行走於少林／會善／嵩陽書院／中嶽寺之間

洛陽龍門與登峰可謂是儒釋道會聚之地，抬頭四處都是武則天。到登封中嶽嵩山下的少林寺，探望負責少林藥局的釋延琳監院，他最近在徐安龍校長與國學院張其成院長及李良松教授之協助下，熱心促成少林寺與北京中醫藥大學合作開課的事，他們都是推動禪武醫風潮的關鍵人物。

這一行中，最沒有被好好對待（under-represented）的名寺，就是戒台寺（相對於潭柘寺）與會善寺（相對於少林寺）。夏鑄九說他有時會到會善寺打單，此寺以道安禪師聞名，武則天尊他為國師，從來沒忘了禮數。此寺最有名的是元代留傳至今的木質結構，全為接榫而成。會善寺及嵩陽書院都展示有武則天在一千多年前打造的「除罪金簡」，據說是在中嶽祭奠後拋入山中，直到一九八二年一位農民偶然在石隙間發現，成為河南博物院鎮院之寶，此間展出的是仿製品。古兄認真考證，從百度百科中查出除罪金簡黃金純度在九十六百分比以上，呈長方形，遣太監胡超向諸神投簡以求除罪消災，上寫有「乞三官九府，除武曌罪名」字樣，充滿道教而非佛教語言。這是中國唯一發現的帝王除罪金簡。我對這件事其實半信半疑，總覺得怎有如此神奇之事，與一般從地底下挖出的古城古墓古物的發現大不相同，但看到河南博物院原物保存而且大為宣揚，中國大陸的考古與歷史考證一直聲名在外，同行的兩位歷史學家好像也沒意見，我就樂得不再花腦筋了。

（2014／4）

丹佛山城變化多

二〇一五年五月下旬重訪 Denver，開會之餘做點文化調查。這個城市最出名的人當然是 John Denver，他老家住丹佛附近，用了 Denver 的城市名字當藝名，是六〇年代末七〇年代走紅的鄉村歌曲樂手，剛好是我在迷搖滾樂的時期。他唱紅了好幾條名歌，如〈Leaving on a jet plane〉，〈Take me home, country roads〉，〈Rocky mountain high〉，〈Annie's song〉。

二十幾年前參訪過丹佛這個「一英哩高的山城」（one-mile high city），與科羅拉多大學及 NCAR 所在地的 Boulder，NCAR 是一座研究氣象與氣候的國家研究中心，貝聿銘將它弄成為一棟坐落在洛磯山脈上的純白色建築，味道十足，聽說在大雪紛飛的日子，不是熟門熟路的人，還看不出那是一棟建築物。這次有機會從丹佛城內的 Hyatt 飯店三十七樓，往外看向洛磯山脈，本地人 Bain 指出 John Denver 的出生地，以及紅岩石（Red Rock，披頭四曾在此開過演唱會）、Boulder 與加拿大洛磯山脈的方向。我曾去過那個方向在加拿大境內的 Banff 山城、Lake Louie、Edmonton 山中湖泊、哥倫比亞冰河區（Columbia ice field）、Calgary 城、恐龍的原鄉、拍攝《侏儸紀公園》影片的 Tyrell 博物館，還有特殊沉積的地質奇觀。忽然之間，過去的日子都連成一線了。別人問心得如何，我們最會底下這種回答了：景物固不殊，人物全非矣！

另外一件不可思議的是，丹佛居然讓大麻交易合法化，但是有一個很奇怪的規定，交易收入不能存入銀行，交稅要用現金。十六街上經常飄來大麻味道，嬉皮式溫和的流浪漢變多了，沿街上放了幾台不怕日曬雨淋的鋼琴，遠遠聽到一位嬉皮流浪漢在彈 Elton John 的歌，我看過幾個都市的流浪漢，還真沒見過一群這麼溫和又有文化的流浪漢，不過在丹佛仍有很多本地人是不以為然的。

最後，丹佛市還有一段傳奇與辛亥革命有關。一九一一年十月孫中山到丹佛募款，居然在當地報紙上看到武昌起義成功，整個丹佛應該是為之沸騰，與有榮焉。有心人到丹佛，若想親訪這一段，一定可以找到能夠稍稍恢復歷史感覺的文物或建築。

（2015／6）

溫州街白靈公廟

放入溫州街這部分有點突兀。我們以前歷史系同班同學有一個班網，主要是由古偉瀛教授負責，縱使現在他已退休了，還經常逼我們上網交代行蹤。底下一段就是最近的iPhone 筆記：「奉古兄之命，交代昨晚行蹤。昨晚台大在體育館擺了一百多桌，是畢業三十年同學之聚會，去年則是畢業四十年，交叉舉辦。我應學生要求參加，熱鬧自不在話下，回溫州街家中已逾九時，約小古出門夜遊，他也剛回家，請他找昌國兄一起，沒想卻是人在廈門，說不定是在鼓浪嶼逍遙。我們招式已用老，還是到台一吃一大碗紅豆與芒果牛奶冰，完成儀式行為才是要務。與古兄談起他兒子古道要出版的一本貓（狗）獸醫書籍，小古侃侃而談，就當是自己的書。古兄也談及在八月要與夫人到比利時，可能到米蘭參加世界博覽會，也去其他地方走走，聽起來像是歐洲壯遊。這時候的天氣，應該也適合順道去阿爾卑斯山走走，像伯恩與少女峰。有一次到比利時布魯塞爾開會，在旅館碰到一對以前認識的澳洲德裔史勒辛格老夫婦（我還去過坎培拉他們家），他們精神抖擻的說退休後每年都安排到過去去過的地方再走一遍，如此一般已經十來年。看起來古兄關了台大研究室的門，世界的門反而加速一道道開啟，趁身體還可轉戰四面八方時，多留點戰績吧。

「走到溫州街瑠公圳旁的白靈公廟，據小古說是孫悟空的廟，但雕像模糊只看得到金箍棒，卻難以辨識悟空臉，而廟公已在花園旁沉沉睡去也。這類小廟建廟以後即採口耳相傳方式傳播，日後會講成什麼，那是說不準的，還是歷史學家厲害，上下幾千年講起來頭頭是道，應該一方面是文獻足徵，另一方面則已是人數眾多的專業，得以分工整合吧。不過也不要小看小廟的即時社會教化，與心理撫慰功能。一九九九年九二一大地震發生在凌晨一點四十七分，兩點多我從台大研究室回家，路過白靈公廟，那裡已聚了一群人在交換訊息，當然還有拜拜的，半夜香火應該特別靈驗才對。報告如上。」

（2015／6）

古都的哀愁：維也納、布拉格、華沙與 Kraków

過去在國科會服務時，因為國際學術合作業務之需要，經常與駐波昂科技組的老友胡昌智教授，到捷克與波蘭的國家科學院商談合作，委託他們在中歐舉辦跨國會議，同時參訪附近德國、奧地利、瑞士、比利時與荷蘭的科學基金會。後來到教育部與大學任職之後，也偶爾會到這一帶走動。長年下來，遊走最頻繁的還是維也納、布拉格與華沙，克拉科夫（Kraków）則是為了 Auschwitz 集中營才去的。布拉格曾是神聖羅馬帝國首都，是各種建築藝術匯聚示範之都，大科學家開普勒（John Kepler）與都卜勒（Christian Doppler）都與布拉格有緊密關聯，愛因斯坦也在 Charles 大學講學過。小說家卡夫卡及米蘭．昆德拉還有音樂家德弗札克及斯麥塔納，則有世界性的高知名度。

華沙的波蘭國家科學院前有一尊哥白尼雕像，他曾就讀當時位於波蘭王國首都 Kraków 的亞捷隆大學，是第一位成功挑戰人類尊嚴的科學家，因為他主張地球並非天體的中心，而是太陽。另外兩位嚴重挑戰人類尊嚴的人則是達爾文與佛洛伊德，達爾文說人類與猿猴有共同祖先，佛洛伊德則說人是被深藏於內的黑暗勢力所主宰，而不是理性。現代人最熟悉的華沙人物，科學家大概是居禮夫人，鋼琴家蕭邦，還有與Kraków關係密切，分別拿過諾貝爾文學獎的詩人Milosz與辛波絲卡。全世界天主教徒都認識尊敬的若望保祿二世（John Paul II），也是來自華沙。

維也納過去的輝煌那是更不用講了。這四個地方都是首都級的歐洲古城，本應是觀光旅遊的勝地，但愈有機會了解它們，愈體會到它們的歷史滄桑與濃濃的哀愁。它們的共同特徵，就是都在二戰時受到邪惡勢力的欺凌。

華沙之跪

波蘭首都華沙的猶太人聚居地，在二戰期間被劃為猶太人隔離區，關押人數最多時超過四十五萬。一九四三年四月十九日，猶太人在隔離區內發動起義，遭到納粹德軍殘酷鎮壓，四十萬猶太人幾乎全部遇難。戰後在這裡修建了起義者殉難紀念碑。

一九七〇年十二月七日，大雪過後，天氣陰濕寒冷，時任聯邦德國總理的布蘭特（Willy Brandt），在猶太人隔離區起義殉難者紀念碑前，獻上花圈，並無預期的跪到地上，口中祈禱：「上帝饒恕我們吧，願苦難的靈魂得到安寧。」當天西德與波蘭簽訂了華沙條約。事後布蘭特說「我當時突然感到，僅僅獻上一個花圈是絕對不夠的。」一九七一年布蘭特獲諾貝爾和平獎，華沙之跪（Warschauer Kniefall）也成為戰後德國與歐洲各國改善關係的里程碑（資料：Wikipedia與張廣柱文）。

卡廷大屠殺

具體指發生在卡廷森林（Katyn Forest，距俄羅斯斯摩棱斯克以西約十九公里）屠殺波蘭戰俘的悲劇。根據《牛津當代世界史辭典》（Oxford Dictionary of Contemporary World History, 2003, pp. 335-336）的解說，希特勒與史達林在一九三九年簽訂協約，波蘭東半部由蘇軍占領，蘇軍俘虜了大約一萬四千名波蘭軍官、士兵，其中許多是因徵兵而加入軍隊的知識分子和藝術家。他們被蘇聯的祕密警察，即內務人民委員會（NKVD/KGB），依史達林的指令祕密處決。一九四三年在卡廷森林發掘出約四千五百具屍體的集體墳場，紅十字會隨後認為他們係被蘇聯軍人所殺害，波蘭流亡政府旋即要求蘇聯解釋，史達林否認涉嫌，並切斷與波蘭流亡政府的關係。該一事件之爭議惡化了波俄兩國關係，歷數十年之久，直到一九九一年葉爾欽領導的俄羅斯新政府，才承認史達林確實下指令屠殺（資料：Wikipedia）。

Kraków 與 Auschwitz 的悲歌

以前在華沙波蘭科學院前總會看到哥白尼塑像，原來他念的是位處克拉科夫，波蘭最古老的亞捷隆大學（Jagiellonian University; Uniwersytet Jagiellonski）。知名人類學家 Malinowski 在這裡就讀過，獲諾貝爾文學獎的辛波絲卡也是從這個學校出來的。

到克拉科夫古城一遊，當然是賞心悅目，而且世界古城的活動範圍，很少有這麼大的。對每年來這裡的上百萬訪客而言，去看奧斯維茲（Auschwitz）集中營，就是履現一種歷史責任。位於波蘭第二大城克拉科夫西南六十公里的奧斯維茲集中營，有「死亡工廠」之稱。

去 Auschwitz 之後，不少人就像初次經歷大體解剖實習、看空難拉扯殘破身體照片之後的反應，有好一陣子恍神不安。納粹的最終處置方案在這裡進行了規模最為巨大的恐怖行動，被稱為 Dr. Auschwitz 的 Josef Mengele 醫生，在此做了將人體忍受能力推到極端的殘忍實驗，甚至在活體身上進行死亡實驗與器官摘取；Carl Clauberg 醫生教授，則在此做了殘忍的婦女絕育實驗。這些人在這裡做了他們根本無法負責的時代罪行，也嚴重汙辱了醫生與教授的聲名。

世界古城波蘭克拉科夫（奧斯維茲集中營所在地）
冷冽的天空。

Auschwitz集中營本來主要是為波蘭政治犯進行勞改，在營房入口處寫著「工作帶來自由」（Arbeit Macht Frei；這是一句連歌德都很欣賞的德語格言，後因曾寫在多座集中營門口，而開始帶有負面評價。）在一九四三年納粹提出最終處置方案後，集中營變成為死亡營房，更擴建規模龐大的Birkenau集中營，「工作換來死亡」，歷史祇好無言！至少有一百一十萬猶太人在此被殺。

用瓦斯毒氣殺害猶太人的工作，後來大部分由Birkenau集中營處理，設置了更大更有效率的殺人密室，但目前兩處集中營僅留下一座小瓦斯毒氣室（gas chamber），Birkenau數量眾多的監獄營房，大部分在德軍撤離時燒得祇剩煙囪，其他皆在撤離時燒毀，不留證據，充分顯示其縝密作業、工於計算、心智敏銳的工具性心態，反映出納粹冷靜殺人，具目的性的作為。

生命如螻蟻而且被隨意踐踏，在這裡留下太多具體的證據，提醒世人不能輕易忘記，這是永遠不能被改變的集體記憶。存活的希特勒家族成員，大部分選擇不婚不育，這祇是對這段殘酷歷史的小小回應。

在納粹統治期間，德國集體陷入國家社會主義理念、非理性的服從權威，以及在性格與情感上屬於嚴重異常，但心智冷靜策畫周詳的病態性人格（psychopath）狀態，是一種道德是非意識異常薄弱的集體行為。這就像現代的公車隨機殺人之個人事件，心智清楚冷靜執行，不是法律上規定可免其刑或得減其刑的心神喪失或精神衰弱，係屬性格與情感嚴重異常，道德是非意識極端薄弱之行為。亦有論者以為這件納粹歷史悲劇，不能祇歸責希特勒，因為他是德國共和國以民主程序選出，且執政長達十年，所以這是一個共犯結構！此所以德國在戰後致力推動轉型正義之故，不如此做，就不可能啟動歷史性的反省。

波蘭受害於德俄，恩怨情仇長期牽扯不清，但因德國公開道歉（如前述布蘭特的華沙之跪），德國人到集中營表示懺悔，故目前在波蘭能講願講德語者尚多，相對而言，願講俄語者已是少數。

波蘭這個國家底蘊深厚，一步一步走出二戰之後的陰影，克拉科夫附近有一大鹽礦，在地下一百二十公尺左右，礦工們就地取材，用鹽雕出達文西《最後的晚餐》、聖經故事與歌德像等嚴肅作品，看起來這些文化象徵已經是波蘭各階層文化呼吸中的一部分。波蘭文化與科學傳統深厚，民族底層的力量強韌，縱使在地下沒天沒日的開採鹽礦，也充分反映出這種民族特性，令人敬佩。

上：Auschwitz 集中營的勞動改造入口。
左：Birkenau 集中營的死亡之門。
右：Birkenau 集中營的營內之軌。

布拉格之春

一九六八年一月五日，當時擔任捷克斯洛伐克共產黨第一書記的杜布切克（Alexander Dubček），發動了「布拉格之春」的經濟和政治改革運動，開始在捷克斯洛伐克國內發動一場政治民主化運動，持續到當年八月二十日，蘇聯及華沙公約成員國武裝入侵捷克才告終。杜布切克之後被挾持至莫斯科，蘇聯的行為受到世界各國的廣泛批評。這段時間剛好是我就讀大二大三之時。

一九八九年十一月，捷克斯洛伐克發起絲絨革命，結束共產黨的一黨專政；一九九〇年，國名改為捷克斯洛伐克聯邦共和國。不過由於捷克與斯洛伐克兩方的經濟差距日益拉大，原本隱藏的民族矛盾也因為民主化而開始浮現。經過一九九二年公民投票後，於一九九三年一月一日宣布正式分離為捷克和斯洛伐克兩個國家，史稱天鵝絨分離（Velvet Revolution; 資料：Wikipedia）。

維也納曾是帝國中心也是邪惡勢力橫行之處

維也納是德國周邊最重要的德語系國家首都，過去是神聖羅馬帝國一員、哈布斯堡

（Habsburg）王朝中心、奧匈帝國的首都，也是希特勒年輕時走動之處。在十九世紀末二十世紀初之交的維也納，或稱世紀末（fin-de-siècle）維也納，或稱之為 Vienna 1900，可以說是近現代維也納的黃金時期。在一戰之後，維也納的悲慘命運逐漸逼近，令人唏噓。

一九三三年德國納粹上台執政後的第一件大事，就是在五月十日晚上，經納粹宣傳頭子戈培爾（Joseph Goebbels）策劃鼓動下，發生了規模龐大聳人聽聞的柏林焚書事件，在柏林歌劇院廣場前，聚集了約七萬多名學生，將二萬五千冊左右「一切非德國的全扔入烈火」，亦即不符納粹意識形態或被認定為敗壞人心的非我族類事物，其中維也納知名作家施尼茲勒（Arthur Snitzler）與佛洛伊德的作品赫然在列，還有其他世界知名人物多人，如托爾斯泰、杜斯妥也夫斯基、馬克思、列寧、托洛斯基、愛因斯坦、卡夫卡、萊辛、海涅、褚威格、包浩斯、雨果、紀德、羅曼羅蘭、H. G. Wells、D. H. Lawrence、Aldous Huxley、喬伊斯、康拉德等人。同樣的，維也納表現主義的三位代表性畫家，也早被指控為敗壞人心，不過沒放入這次焚燒之列。

奧地利格拉茲醫學大學（Medical University of Graz，原屬格拉茲大學的醫學院與醫院）博士課程院長藥理學家 Peter Holzer 告訴我，格拉茲大學的 Otto Loewi 在一九三六年，因針對神經傳導物質乙醯膽鹼（acetylcholine）之研究，首度提出「神經衝動的化學傳遞理論」，而獲頒諾貝爾獎，一九三八年三月納粹入侵後被抓，用他拿到的諾貝爾獎獎金贖回並逃出（可參見其自傳）。同樣的，佛洛伊德過去對納粹一向太過樂觀與低估其邪惡性，在一九三八年被迫交出執業居住地，交出高額達現在二十萬歐元的保釋離境金，並在英美外交單位全力協助下，才得以離開前往倫敦，成為英國皇家學會外國院士，但隔年九月即因癌過世。格拉茲醫學大學前副校長 Gilbert Reibnegger 也提及，薛丁格（Erwin Schrödinger）在一九三三年與劍橋的 Paul Dirac 同獲諾貝爾獎後，一九三五年提出廣為人知的，在封閉的密室中施放毒氣，若沒開封，貓的生與死兩個狀態是合為一體相互重疊的，惟有打開密室才知生死的薛丁格貓（Schrödinger's cat）。薛丁格經過一段波折後於一九三六年到格拉茲大學，但一九三八年在納粹所任命校長之遊說下，發表他畢生引為憾事的自白悔過書。他是維也納人但不是猶太人，曾因反對納粹對猶太人的處置方式，在獲諾貝爾獎前離開柏林學術界，所以雖已寫下自白悔過書，納粹仍不放過他，認為他在政治上不可信任，之後在同年八月逼他離開。經過一段不順利的求職過程，前往愛爾蘭都柏林，一九四四年在那裡以理論物理觀點，寫出預示分子生物學後來重大發展的「生命是什麼」（What is life）（另參見 M. P. Murphy & L. A. J. O'Neill〔Eds.〕[1995]. *What is life? The next fifty years*. Cambridge: Cambridge

University Press），James Watson 與 Francis Crick 都認為是這本書，啟發他們發現了 DNA 的雙螺旋結構。他在一九五六年才重返奧地利出任維也納大學物理講座。同樣的情事更多是發生在維也納大學，在納粹上台入侵前後，超過六成大學教員（因為是猶太人）被逼離，二戰後則有六、七成教員離職（因為是加害者），可說是菁英人才的雙重斷裂（double ruptures），維也納大學因此幾乎一蹶不振，直到最近二十來年才有起色，惟已元氣大傷，與 Vienna 1900 的輝煌時代不可同日而語。

二〇一五年十月五日到 Graz 醫學大學看大體解剖，共有三百多具，每年啟用上百具大體，具特殊處理技術且通風狀況良好。這間解剖學研究機構世界知名，由 Friedrich Anderhuber 教授負責，他拿了一張紋路脈絡清楚的臉皮標本給我看，翻過來看，眼眶一清二楚；還看到製作精良的腦部立體血管標本，以及從胎兒、嬰兒，到成年完整系列的實體骨骼標本，匪夷所思，若在今日絕無可能，我懷疑是來自過去的集中營，維也納及世界醫學界也為這類活體解剖來源，作過很重要的辯論，並得到肯定結論，真是時代的悲劇。

維也納醫學大學的解剖學中心更是舉世聞名，在十九、二十世紀之交，維也納大學推動「維也納第二醫學院」時（維也納大學只有一間醫學院，所謂「第二醫學院」指的是其革新義，亦即要好好改革既有的醫學院，讓其成為一所能夠跟上新時代的新醫學

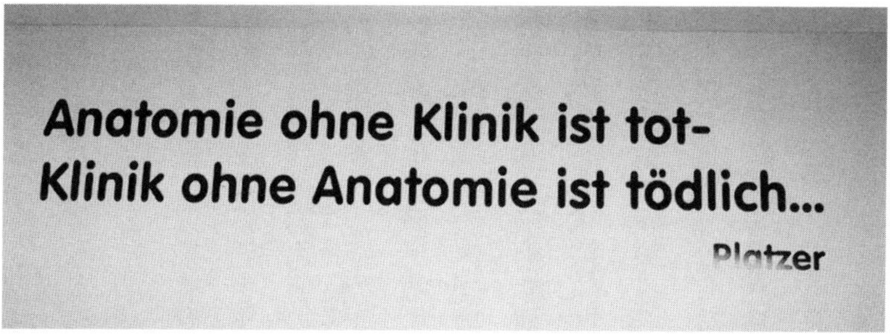
Anatomie ohne Klinik ist tot-
Klinik ohne Anatomie ist tödlich...
Platzer
解剖與臨床病理關聯性之奧地利觀點，「沒有病理的解剖是沒有用處的，沒有解剖的病理則是危險的。」照片地點為 Graz 醫學大學解剖學研究所。

院），扮演了重要角色。亦即藉由解剖提供瞭解人體疾病外表之下（under the skin）的原因與機制，這是一種從解剖身體內部而了解病理機制的開始，又稱為病理解剖或解剖病理，維也納大學與醫院扮演了開創者的角色，成為當時世界的醫學中心。奧地利醫學界將此稱為「沒有病理的解剖是沒有用處的，沒有解剖的病理則是危險的。」

維也納大學過去六百五十年，因制度特殊，有六百八十多位校長，但不妨礙其建立輝煌歷史，可見配套措施祇要作好，校長雖一直流動（但一般在當校長之前，會在校內經歷各級職務），也可造就鐵打的大學，與現代的觀念大有不同。溫克勒（Günther Winkler）曾當過一九七二至一九七三年的校長，他說自己與過去六百多年的校長一樣，祇當一年。現在的維也納大學已不時與這種校長一任最多一年的作法，學生在醫學院獨立出去之後，還有九萬多人。維也納大學醫學院及醫院於二〇〇四年獨立出去，成為維也納醫學大學，學生七千多人，解剖大體有兩千多具，條件比台灣醫學院的解剖實習條件好很多。二戰前德語系國家名氣最大的大學，以柏林大學（現在改名為洪博大學，新設的自由大學則有很多教師來自原柏林大學）與維也納大學為主，若以較寬鬆的算法，這兩所學校各有十幾位以上的諾貝爾獎得主（尤其是舊柏林大學，多達三十來位）。但維也納大學從 Vienna 1900 時期的輝煌，到二戰前後的雙重斷裂（見前述），可謂處境維艱，經過近二、三十年的努力調整跟上，世界大學排名在近十年居一百五十至二百左右（與台大類似）。雖然現在維也納大學的建築仍有帝國氣派，但已時不我與，心中一定有無限感慨，在談起這一段時也不願多言。

值得一提的是二戰期間，前中華民國駐維也納領事館總領事何鳳山博士（何曼德院士父親）利用職務之便，簽發簽證給遭受德國納粹迫害的猶太人，使數以千計的猶太人得以逃往他國並存活。他的義舉受到世人推崇，因而被譽為「中國的辛德勒（Oskar Schindler）」。

基因屠殺（Genocide）與種族清洗（ethnic cleansing）

上述名城的悲慘遭遇，很多是與二戰的希特勒有關，他主張「政治就是生物學」

（Politics is biology），而且揉合出一套含括優生學、社會達爾文主義，與種族科學之扭曲圖像，並付諸實行。他的「國家社會主義的科學選擇原則」（一九二五），預示了一九三三至一九四五年的安樂死與醫療處死（medical killing），並在一九四三年提出消滅猶太人的「最終處理方案」。該一一九二五年的選擇原則，直到今日看來仍令人不寒而慄：

1. 所有德國住民是不平等的，有些人比其他人更有價值，應給予不同待遇。國家有責任去影響這些事情，優秀的應予增益，低劣的應予消滅，以改善種族的培育。
2. 依下列四原則決定德國住民的高低價值：專業上的表現、依健康與種族特徵而決定的體能特質、精神道德與文化特質、考量上兩代的遺傳特質。
3. 對低等族群不應同情，包括盲跛聾啞、孤兒、罪犯、娼妓、智能低下、弱者、有遺傳疾病者、病態者等。替這些人做任何事，不只浪費資源，更牴觸了生育的選擇過程。

希特勒對第三德意志科學發展的態度，基本上是與前述主張一脈相承的。在 Kaiser Wilhelm Institutes（Max Planck Institutes 的前身）中，有一人類學、人類遺傳學與優生學研究所，創建於一九二七年，Eugene Fischer 出任所長，嗣後由 Otmar von Verschuer 繼任，支持種族健康、反猶太、納粹種族政策、強迫優生等作法，並與其學生 Dr. Auschwitz（Josef Mengele）合作，接受各類集中營人體實驗送來的「樣品」。二戰後因惡名昭彰而解散。

希特勒在一九三三年這樣說：「假如猶太科學家的流放表示當代德國科學的毀滅，則我們在這幾年內就不必靠科學來運作這個國家吧！」這種話已經不只是狂妄，它是一切退步與墮落的源頭，因此一九三三至一九四五年的德國科學素質普遍下降（但不包括癌症、解剖、環境保護、工程研究），一九四五年後有些學科難以發展，如遺傳學與分子生物學，分子生物學則是靠 Max Delbrück 之協助，才逐漸恢復。

綜合看來，基因屠殺（genocide）與種族清洗之成因，在納粹時代不只是一種單純的科學主張之實現，還有令人難安的政治因素在背後驅動，大體如下所述：

1. 社會成員固有想法之集體極端化反應。在一九二〇至一九三〇年代，優生論者主張基因影響人類行為，但並未找到堅強之遺傳證據，為促使其意識形態得以實現，他們轉向政治以正當化其作法，並協助建立法令等基礎措施，以遂行其基因屠殺與種族清洗程序。相對而言，英國為優生學發源地，但從未因此衍生此類大規模屠殺行為。
2. 當為解決國內政經問題的注意力轉移策略，藉此當為國家社會主義運動之核心，以激勵第三德意志之新品種激情，並推動種族科學（包括各類疾病、解剖、極端環境下之忍受力等）。

3. 大部分科學家（包括醫生、人種學家）在威權下，逐漸不再抗拒並配合。

在納粹時代冒險逃離德國，轉往英國的核分裂研究先驅 Lise Meitner，寫給柏林同事 Otto Hahn 一封「永遠寄不到的信」（影本存劍橋大學）：「這真正是德國的不幸，你們所有人都失去了正義與公正之心；假如只有我們輾轉失眠，而你仍安臥如常，德國的處境不可能變得更好。」當年不祇 Lise Meitner 命運坎坷，同時代也有更多的科學家與有識之士，為了世界已經失去公與義，而輾轉反側難以入眠。二戰時，德國物理科學家之表現，遠較醫生獲得尊敬，由該例與在集中營醫生所扮演的角色，可約略了解其中緣故。

為了要解釋二戰期間納粹令人匪夷所思的罪行，在一九六〇至一九七〇年代有一些經典實驗，想弄清楚環境中究竟有那些因素，會讓「好人」變成「壞人」？Stanley Milgram 在一九六〇至一九六三年間做了一系列實驗，以「服從權威」的機制來闡明，人何以會慢慢接受權威的教導，來催眠自己是在做合乎正義的事（Stanley Milgram, 1974. *Obedience to authority.* New York: Harper & Row）。Philip Zimbardo 則在一九七一年，以出名的史丹福監獄實驗（Stanford Prison Experiment），闡明人在扮演不同角色之後（如扮演監獄管理員時會逐漸表現出專斷暴力之行為，若扮演被監禁人員，則慢慢會表現出卑躬配合之行為，雖然他們原來都只是志願參與的受試者。）如何一步步走向沒有光的所在（Philip Zimbardo, 2007. *The Lucifer effect*. New York: Random House）。

在當年那個時代因為對研究倫理的要求，不像現在這麼嚴格，還沒有機構審查（IRB）與人體試驗法等類，來嚴格規範實驗程序之申請與執行；而且當時真的有很多人想了解，何以隔壁鄰居應該是有教養秉性善良的好小孩，竟然會一天天一步步走向沒有光的所在，以折磨人與殺人為樂，好像在奉行人間正義一樣。因此，這些系列性實驗獲得空前的關注，也回答了一些人心中的疑惑。藉著這些實驗，我們得以了解在某些實驗情境下，個人會因為服從權威、曲解正義觀念、無奈地扮演被要求的角色並逐漸內化，而逐漸表現出人類的無奈與宿命之黑暗面。但了解甚至同理這些行為因素，也選擇了原諒某些項目，並不表示就要這樣放過該一歷史悲劇，我們若太過鄉愿，不去真正了解發生非理性集體行為背後的體制性因素，予以糾正及究責，則日後再發生的可能性就永遠在那邊。這也是過去幾十年來，德國、波蘭、奧地利、中南美，與南非，甚至中國大陸與台灣，何以一直要嚴肅面對轉型正義問題的原因，當這些問題的處理有了逐步的進展，各種情感上的糾結也因此有了緩解的空間，之後才有更大的可能，去推動長遠但寬廣的和解之路。

（2016 / 1 / 24）

在兩河的岸邊呼叫歷史：一段從沒真正走過的遊記

童年的兩河文明記憶

假如問一個人記憶中最早最鮮明的河流是什麼，大概不同年紀的人會有不同的答案，我沒有做過調查，若依據歷史地理的教法與社會氛圍，大膽做個猜測，可能現在年紀輕的會說是淡水河、濁水溪之類，中壯年的以長江黃河為優先，但年紀更大的可能都不是這些河流。他們心中自有溪壑，一問到這個問題，記憶老早就跑到一個從沒真正去過的流域，那裡有著數不盡的傳奇，很早就吸引了幼小心靈的注意力。

我小時知道而且後來記憶最深的河流，不包括黃河、長江與淡水河，最多是一條剛好在不遠之處，常會聽起常會經過的濁水溪，還有上面有火車通過的西螺大橋。中學時有些同學的家就離濁水溪不遠，講起台灣中部的稻米之鄉的灌溉，根本離不開濁水溪。

另外兩條讓人想不到的，則是幼發拉底河與底格里斯河，這是非常奇妙的事，一下子就記清楚了，它的鮮明度絕對是高於黃河與長江，也高於濁水溪，在記憶上更是早於對埃及的尼羅河、美國密西西比河、英國泰晤士河、法國塞納河、德國的萊茵河，與橫跨奧地利等地的多瑙河之了解。

童年的經驗是透過對文明、文學與歷史的比較而得的，一點勉強不得，總之是一定要營造出一種流域文化的感覺，最好穿插有一些文人藝術家。如濁水溪沿岸的稻米之鄉是中部人集體記憶中的母親河，黃河是孕育古中國的大河，馬克吐溫強化了密西西比河的母親河角色，莎士比亞與其他文人散佈在在泰晤士河畔，塞納河畔佈滿了法國歷史上最重要的建築物與上演了諸多歷史事件，也是各地藝術家來這裡獨處或群聚之處。萊茵河畔儘是古堡與神話，多瑙河畔樂聲飄揚名家輩出。那兩河是什麼原因在那麼早，就征服了我們幼小的心靈？是出自理性還是來自浪漫？想想底下的理由吧。

先說肥沃月灣與兩河流域這兩個關鍵字。肥沃月灣（Fertile Crescent）是歷史上一萬多年前已知的，最早之農業發源地與定居點（Smith, 1995），也可說是最早的農業與文明的起源，範圍遼闊，包括現今敘利亞、以色列、西岸、黎巴嫩、約旦、埃及、土耳其、伊拉克的部分地區，地圖上正如一彎新月，上面以約旦河與兩河的流域為主。

兩河流域或稱美索不達米亞（Mesopotamia），為兩河間之沖積平原，知名度比肥沃月灣更高，因為有世界最早的巴比倫文明及講不完的傳說之故。美索不達米亞係指「河流中間」之意，為幼發拉底河與底格里斯河兩河沖積而成，大部分在現今之伊拉克，位於肥沃月灣東部，這裡是廣為人知的巴比倫文化發源地。它為世界建造了第一個城市的雛型，也是《聖經》諾亞方舟故事中大洪水發生地。兩河流域為世界發明了第一種文字，考古發現是蘇美人首先創造出史上最早的圖畫書寫方式，嗣後古埃及人在尼羅河流域獨立發展出古埃及文字，接著蘇美文字轉化為楔形文字（cuneiform）。美索不達米亞也編制出史上第一部成文法律，文學上則寫出第一部史詩。在這些基礎上，將美索不達米亞稱之為人類文明的搖籃，亦不為過。

巴比倫文化王權中產生的漢摩拉比法典（The Code of Hammurabi），是距今三千七百多年前古巴比倫的法律，乃最早的成文法典，規範農商畜牧活動與財產處理等類行為，其中標舉以眼還眼以牙還牙的報復主義，最令人印象深刻。要過很久才有第二部影響深遠的法典，也就是西羅馬帝國滅亡後，定都君士坦丁堡之東羅馬帝國的查士丁尼法典（西元五二九年發佈），對皇權與教會權力、奴隸制度做了嚴厲規範，是羅馬法集大成者，對大陸法系民法發展的影響深遠。至於中國現存最早最完整的成文法典「唐律疏議」，是唐高宗時代維護封建秩序的集大成法典，編定於西元六五二年。

史上最早英雄史詩的文學作品，一般認定是西元前兩千多年前，「Gilgamesh王的史詩」（The Epic of Gilgamesh），就是用楔形文字刻在泥版之上的，遠早於西元前九世紀的荷馬史詩。

巴比倫文明在數學與天文上，也大有斬獲，已知用近似值估算2的平方根（亦即畢達哥拉斯定理的前身）、算圓周率、算簡單三角形面積。發明60進位，後來當為發展每小時六十分鐘、一天二十四小時、圓周360度的基礎。已經知道如何畫星座圖，預測日食與月食，依月亮周期訂出十二個月，訂定每周七天。

世界最早的文字與解密

上面所述的文明成就令人訝異，但蘇美人與巴比倫文明最受矚目，地位最特殊的，還是人類史上最早的文字發明。依文字獨立發展的先後順序，最早而且比較沒有爭議的兩種文字，應該是蘇美人的圖畫文字及楔形文字，另一個則是古埃及象形文字。由於古埃及象形文的解密過程比較特殊，就先由此切入說明，並非因為古埃及象形文是最早的文字之故。

1. 古埃及象形文字（約五千多年前），在尚未解密之時，充滿臆測。在歐洲啟蒙時期，一位瑞典外交官 Palin 主張《舊約聖經》的一部分，是由古埃及文獻翻譯成希伯來文的，他認為若要找出古埃及文的文本，可以先將希伯來文翻譯成中文，再將中文轉成對應的古體象形文字，就可依此找出古埃及象形文字。他的邏輯是認為這兩種象形文字，在概念與象徵上有很強的關聯性，存在著互換的基礎。結果當然是不可行的，因為古埃及文與古體象形中文都是獨立發展出來的文字。接著在一七六二年有人猜測橢圓環框（cartouches, 或稱 oval ring）內的古埃及象形文字，應是帝王或神的名字；在十八世紀末，一位丹麥學者 Georg Zoëga 猜測有些古埃及象形文，可能是表徵聲音而非概念。

雖然陸續有很多有趣的猜測，但成果都相當有限，歷史上一件有關古埃及文字解密的真正重大事件，是發現了用兩種語言三種文字（聖書體的古埃及象形文字、古埃及文通俗體、希臘文）並列的羅賽塔石碑（Rosetta Stone）。拿破崙一七九八年入侵埃及，一七九九年夏天在 Rosetta 小鄉鎮挖掘發現到這塊石碑以來，已成為解開古埃及語文奧祕的聖杯，古埃及象形文字的解密，在這個意義上，也可說是十九世紀帝國主義的一件副產品。但很特殊的是這塊由法國士兵找到的石碑，後來竟然落腳在大英博物館，成為鎮館之寶，就像毛公鼎成為台北故宮博物院的鎮館之寶一樣。羅賽塔石碑只有一次在一九七二年十月轉運到巴黎展示，以慶祝商博良解開古埃及象形文字奧祕的一百五十周年紀念。羅賽塔石碑上並列兩種語言三種文字，雖非逐字翻譯，大體是說同樣意思，乃係詔諭新王在西元前一九六年三月二十七日登基（十三歲的全埃及國王托勒密五世 Ptolemy V Epiphanes）之事。

商博良（Jean-François Champollion）在古埃及與研究的突破上，領先並全面超越大科學家湯瑪斯·楊（Thomas Young），一直是科學史、語言學史，與埃及學上令人津津樂道的傳奇。商博良在一八八一至八二短短幾個月期間，與一八二三年的多項重大發現，包括系統性的認定古埃及象形文不祇象形，亦有表音特色，依此可建立出一套有系統的圖形與字母對照表，也發現了相似圖像表徵同樣的音，可說大幅超越了 Thomas Young 的成就。其實 Young 比商博良更早發現到該一特色，從人名解碼中，他找出幾個環框內記載的人名，如對應（非埃及人物）Ptolemy 與 Berenice 的象形圖像，並嘗試想從中間找出音值，但商博良認為他的嘗試並未成功。Young 認為商博良應該是在他所發現的基礎上作擴充，但商博良不買帳，聲稱是自己獨立得出的結果，因此衍生出商博良是否有得自 Young 過去所作的貢獻，以及 Young 在古埃及語解碼上究竟占有何種地位之爭議。羅賽塔石碑發現於一七九九，Young 在一八一九於大英百科全書上匿名撰寫埃及條目，臚列他所解碼的古埃及語文字，但商博良幾乎不提Young的貢獻，又以居高臨下之姿對待，讓英國科學界極不適應。一八二三年後儘是商博良天下，Young不再著力於古埃及象形文之解密研究，但日後仍持續在古埃及文通俗體的解密上獲得成就，並修補了與商博良之間的關係。

這兩人的個人特質與學術風格極端不同，商博良嚴重捲入政治還被判處流放過，Young則完全抽離政黨政治；商博良對古埃及是全面的狂熱投入，並開創埃及學的盛世，Young則一輩子從沒想過要去埃及看看，古埃及象形文字對他來說，主要是一個科學解謎事件；當Young在學術與多項科學工作上已是功成名就時，商博良則還在逆境奮鬥中。以現代的講法來說，Young是一位文藝復興人（Renaissance Man）類型的科學家，商博良則是一位全神貫注學術興趣單一的學者。

Young是一位具有多方面學術才能的人，而且是一位很少有人能夠超越的才智卓絕人士。在人類視覺研究史上，牛頓將白光分解為各種有色光，又將各種雜色光混回白光，不祇挑戰了當時人的美學與宗教觀點（亦即認為白光最美最純，不可能混有雜色物質），也是科學史上第一個最重要的突破性光學實驗。Thomas Young是繼牛頓之後，在光與色彩的系統性研究上，最具有突破性的大科學家，他利用雙縫實驗說明了光的波動性；在十九世紀初就提出光的三原色以及混合理論，並依此推論人的視覺系統，應該有三種分立的色彩機制，各自有其反應曲線，負責對長波段、中波段，與短波段的光作反應，三種機制依比例混合後，便足可產生人類所能見到的各種色彩，後來黑倫霍茲（Hermann von Helmholtz）進一步驗證，合稱 Young-Helmholtz 色彩知覺理論，時至今日仍是最重要通用的色彩理論。科學界一直要到一九五〇年代以後，才陸續在實驗室中證實了對應三個波段的三類圓錐細胞（cone receptor）之存在，以及它們與圓柱細胞（rod receptor）的生化及電神經生理特性。

我以前看到學界在一九五〇年代，才正式發現網膜有關色彩偵測的圓錐感光細胞共有三種，因此從神經生理上充分解釋了光的三原色理論。但這時已是一九五〇年代，而 Young 則在還沒有任何實驗數據的十九世紀初，就推測出顏色的感覺偵測細胞剛好就需要這三種，便足可完成複雜的色彩知覺工作，準確預告了之後的科學發現。這種科學史上的奇蹟，一向是我在學習與教學過程中最被感動的傳奇，沒想到這麼厲害的一個人，與商博良還有過這一段，而且還敗下陣來！

這是一段古埃及語文解密的大傳奇，也是英法當時互相爭鬥主導權，與展現不同個性、專注熱情、政治立場，及學術風格的一段故事，也讓古埃及語之研究，變成大家津津樂道的傳奇。有興趣的人可參見 Adkins & Adkins（2001），還有比較替 Thomas Young 講話的 Andrew Robinson（2006）。

2. 蘇美人發明的圖畫文字，以及隨後發展出來之楔形文字的泥板文書（約五千兩百多年前，後來轉變成字母文字），赫赫有名，可說是人類歷史上獨立發展出來的最古老文字。不過，因為缺少了像羅賽塔石碑之類的發現與研究過程的鬥法故事，蘇美學及亞述學的研究者，與埃及學的學者人數相比也大有不如，因此沒那麼亮眼。這裡面也涉及到如何判斷兩者誰先誰後的問題，不過基本上可以說古埃及文是在蘇美圖畫文字與楔形文字之間獨立發展出來的（Gnanadesikan, 2009）。

楔形文字的發現與解碼當然也是充滿了故事性，對一位十七或十八世紀的學者而言，美索不達米亞不像埃及四處都是輝煌的古蹟遺址，只有極少數的古蹟與城鎮，偏僻荒涼，再怎麼看都不像是古老文字與古文明的發源地。十八世紀開始在古波斯各地發現了過去以楔形文字寫就的銘文碑文，其中特別重要的是一塊在 Persepolis 古城（曾是波斯帝國首都）所發現的，一塊 559-331 B.C. 的碑文，同時附有以古波斯文、《聖經》記錄過部分波斯人所講的 Elamite 語，及古巴比倫帝國語文並列記錄的楔形文字，基本上與羅賽塔石碑的並列記錄方式類似，但這三種語文在當時都仍不知如何辨識，一個比一個難以解密，不像羅賽塔石碑至少還有看得懂的希臘文並列在石碑上。十九世紀初一位德國高中老師 Georg Friedrich Grotefend（1775-1853），他雖是一位希臘文及其他語文的教師，也擅長解謎，但並不懂東方語言，有一次喝酒時，在沒什麼根據下，與酒伴打賭說，他能夠解開楔形文字的祕密。他比對了後期發現的，附有希臘文字的波斯碑文，由希臘字的並列翻譯中，發現有一種重複的公式：X, Great King, King of Kings, Son of Y, Great King。也就是說，X是大王，王中之王，是另一位大王Y的兒子，但是Y的父親與X的祖父Z，則不是王。依此原則，他就開始在黑暗中開槍，判斷這塊西元前五世紀的碑文，既然是與帝王的雕刻有關，就因此推論其中一些重複的符號應與「王」或「王中之王」（king of kings）有關，並由此嘗試解碼，找出涉及king, great, 與son的符號，還有三位波斯歷史上的人名：X, King Xerxes; Y, King Darius; Z, Provincial Governer Hystaspes，他提出十三個符號的解碼，其中九個在後來被認為是對的。他在一八〇二年向哥廷根皇家學會提出一些解碼上的發現，但學會拒絕出版，在那時也沒什麼人予以認可，大概是吃虧在他只是一位高中老師，以當時講究學術地位的虛矯社會氛圍，是難以獲得重視的。之後他就終止了這方面的研究，一直到一八五七年，才在後人之接力賽下大致完成解碼工作，他的貢獻也才由後來的學者認可，與商博良雖然艱苦但及身得被承認的遭遇，可謂天壤之別。至於最早圖畫文字蘇美文的解密，一直要等到一九〇五年；開始尋找系統性的蘇美文文法，則要等到一九二三年（參見Robert Claiborne等人，一九七四）。

出名的古中國殷商甲骨文，時約三千多年前，以象形文字為主，已有形聲字，是發展已臻完備的漢字，但並非古中國最早的文字起源（李孝定，一九七七），遑論世界最早的語言。

已經解碼而且也有很精采傳奇故事的線形文字B（Linear B），承繼無法解密的線形文字A（Linear A），則是希臘字的源頭，可參閱John Chadwick（1958）與Andrew Robinson（2002），但這些應該都已經是後面的語言文字發展史了。

穿過歷史的迷霧之後

巴比倫文明的遺跡本來就已如風中殘燭，遺留下來的極為有限，但在現代由於不停的戰爭與動亂，更是雪上加霜，不堪聞問。九一一事件之後，美國啟動國際性的反恐戰爭，二〇〇三年開打美伊戰爭，在美軍打入巴格達城後，整個城市陷入無政府狀態，城內的「伊拉克國家博物館」遭洗劫，大量美索不達米亞文明的遺物遭到破壞，或失蹤再被變賣到黑市。二〇一五年伊拉克境內兩河文明中的亞述古城尼姆魯德（Nimrud）遺址古蹟，據傳亦在與伊斯蘭國的戰爭中，遭到嚴重破壞。

有人說想像中的歷史流域，是沒什麼必要去與現在做比較的。就像談古希臘與荷馬史詩，除了仍存留在希臘的遺址與古物之外，看不出有何必要與現代希臘連上干係，同理，談米索不達米亞與兩河流域文明，何必硬要與伊拉克扯上關聯？這種講法其實有點阿Q，是人類無力保存古蹟遺址後的託辭。

歷史如風，一吹過就留在遠古，雖不能至心嚮往之，多少可以看看古蹟遺址，遙想當年，也算是人生的一個交代。但是現代無情的伊拉克戰爭與接著而來古蹟古物的毀敗，令人心中抽痛，尤其是在很多有心人都還來不及去看看時，就已經淪亡。到兩河的岸邊去呼叫它們現身吧，也許只來得及看看兩河流域的樹木與麥田，是否有葉片與麥稈的搖晃，它們的回應就看你如何呼叫。在這一片悲苦的大地上，戰火連天，出來在遺址中間行走，縱使其疾如風，不須雲霧相伴，但那處處傳來的哭聲，恐怕會讓你的思古幽情難以為繼，還不如躲回去，就等哪天雲淡風輕時，再來述說歷史再來尋找蹤跡吧。

Bruce D. Smith（1995）. *The Emergence of Agriculture*. New York: Scientific American Library.

Lesley Adkins & Roy Adkins（2001）. *The Keys of Egypt: The Race to Read the Hieroglyphs*. New York: HarperCollins.（黃中憲譯，二〇〇二，《羅賽塔石碑的祕密》，台北市：貓頭鷹書房。）

Andrew Robinson（2006）. *The Last Man Who Knew Everything*. New York: Pi Press.

Amalia E. Gnanadesikan（2009）. *The Writing Revolution: Cuneiform to the Internet*. Oxford: Wiley-Blackwell）.

Robert Claiborne et.al.（1974）. *The Birth of Writing*. New York: Time-Life Books.

李孝定：《漢字史話》。台北市：聯經，一九七七。

John Chadwick（1958）. *The Decipherment of Linear B*. Cambridge: Cambridge University Press.

Andrew Robinson（2002）. *The Man Who Deciphered Linear B: The Story of Michael Ventris*. New York: Thames & Hudson.

（2017 / 5）

黑暗的眼神在窺探

有些奇異的事件，不像是應該發生在像我這種人身上，拿出來講講，聽起來有點娛樂效果，又有點警世作用，就放在這裡吧。至於像在傍晚的高速公路上爆胎，抓住車盤對同車人說「小心，爆胎！」接著擦撞分隔島中線護欄後一百八十度大迴轉，逆向面對一直衝過來的車子，這種意外，驚險則驚險矣，可惜就像單線發展無聊至極的小說，沒什麼故事值得提出來談，也不好意思多講，就不再納入了。

泳渡碧潭浮沉生死間

彭旭東是位奇特的人。他應該是日本圍棋業餘五段，日本一間美式大學的數學與電腦教授，回來與老一級吳英璋下棋，照樣被宰，我雖然沒什麼棋力，不過看他們在覆盤評棋時，互相調侃修理，倒也跟著其樂無窮。老彭在大一時迷上圍棋，他與後來在東京當內科專科醫師的心理系同學張景明，跟著我們的老同學吳英璋學棋，吳小時與林海峰是棋友，七歲時下的棋譜上過圍棋雜誌，是老一級。周咸亨那時念地質系，已是上段高手。彭的光榮事蹟很多，是沒訓練過的，台大校運撐竿跳得獎素人，有時下棋趕不回學校宿舍就夜宿新公園。他老弟也是我老友，當過中研院副院長，他們家老爸以前在新竹開醫院，老彭沉迷下棋連續兩次法文被當退學，當完大頭兵之後重考又上數學系。這段經歷夠嗆辣了吧！

我小時與中小學在員林鄉下度過十八年後到台大，上大學又從歷史系轉到心理系，民智大開，覺得這個世界沒什麼不能做的，就到台大所有的文理法醫工農六大學院各修一些課，也開始學籃球桌球與游泳，心想台大果然什麼都可以做。畢業後的一九七二年暑假有一天午后，彭旭東約我到新店碧潭橋下橫渡游到對岸，兩個異樣的人在潭水中載浮載沉，大概是上游下大雨，潭水表面平靜但底下的暗流強勁，所以老游不過去，游到中間已快沒力，水流這麼強，攔水壩在不遠處等我們一頭撞上去，兩人心想這下玩完了，大概很快會被收拾起來吧，好不容易終於踏到一塊淺灘，應該已是滿臉發紫，折返之後，果然是岸上無人舟自橫，自己的生命自己救。後來我想起，有一位非常優秀的同鄉涂煥坤，是化工系的同屆同學，有一天早上我還在溫州街附近，看到他騎摩托車載著女友出去，沒想那天傍晚就聽到兩人在碧潭划船翻船的噩耗。那時大概是大二吧，他們淹沒之處應該就在這附近。

事後問老彭，幹嘛有興致來游泳，他說心情不好啊，我說記得下次來找我，最好是在心情愉快時！

中毒昏迷與瀕死經驗

我們有幸未處戰亂之時之地，但經常自己製造災難。一九七〇年在海軍總部服預官役，借住同班同學德伍麟永和住處，有一對新婚夫婦晚上來作麵，我想他們這麼好意就多吃一碗，沒想是誤食亞硝酸鈉（當鹽巴用），缺氧急性中毒，全身難過，打開房門後摔倒隨即昏迷，鐵鑄衣架挫到眼睛上方，流血不已，後來縫了十幾針。德出門上樓求救，風一吹就變成爬著上去。好在樓上有人，送台大醫院急救，昏迷十多小時，在內科ICU半途醒來時，有隧道視覺（tunnel vision）及強光感（與一般所稱之瀕死經驗類似）。我日後的解釋是認為，因長久暗適應醒來後，一點小光就會覺得很強，這是眼睛網膜桿狀光接受器（圓柱細胞）的特殊反應；而且長久昏迷後醒來，視野受損縮小，形成隧道視野；兩者合併作用，就形成極亮的隧道視覺。

在醫院的半夢半醒之間，聽到診間醫師向巡房教授說：此人送來時已來不及灌腸，用中和滴定法治療，那意思是在我肚子內搞酸鹼平衡啦。父親接到病危通知，凌晨趕來看到的是已清醒的我，笑說「沒事就好」。包國良說禍首會不會是放在廚房的槍枝除鏽劑？回到永和房子，地板滴血處全黑，臉部也黑了快一個月。三、四年後在民航局航醫中心，碰到廖運範太太黃妙珠醫師，她驚訝的說原來是你們，我也大吃一驚問她如何知道，她說之前有一批是三重工廠的工人中毒送來急救，但都死了，所以她記得很清楚。

這件事算不算瀕死經驗的經典作之一？先看看瀕死經驗是怎麼一回事。一九六〇年代，英國心理學家 Donald Broadbent 讓「注意力」（attention）的研究，變成為科學界令人尊敬的議題；另外一位更大牌的 Francis Crick（一九六二年諾貝爾生理醫學獎，DNA 雙螺旋結構發現者之一），則在一九八〇年代之後，讓「人類意識」研究不再是學界的禁忌題材，而成為今日的科學之星。同樣的，Raymond A. Moody 在一九七五年出版《死後的世界》（Life After Life）一書，並第一次定義「瀕死經驗」（near-death experience, NDE），因此而開創出一個過去一直因事涉神祕，而被科學界擱置一旁的研究大領域。NDE 及其相關的自我離身經驗（out-of-body experience, OBE），現在已是當代意識科學與醫學研究中的標準題材之一，我最近就看到一本由 Steven Laureys 與 Giulio Tononi 在二〇〇九年所編輯的，大部頭專書《意識的神經學》（The Neurology of Consciousness）中，已有正式討論 OBE 與 NDE 的專章。

死亡是人生的最終問題，也是科學界最後未知的疆域之一。Raymond Moody 顯然不認為目前有任何可信的科學方法，可以證明有死後的世界，但他在三十多年前即有洞見，認定臨床死亡後經急救而復活者，或生命在一瞬間遭受嚴重威脅但仍倖存者，他們所講述的瀕死經驗（NDE），有助於獲得對人類生命最後幾分鐘之真正了解。Moody 以一百五十個案例為基礎並實際訪談五十人，由此定義出 NDE 的十五個共同元素：不可言狀、聽到有人宣告其死亡、平靜的感覺、聽到不尋常雜音、看到黑暗隧道、有離身經驗（OBE）、與靈物相見、見到亮光、人的一生一閃而過、經驗到所有知識存在的領域、經驗到光之城市、經驗到奇妙的靈、經驗到超自然的救贖、感覺到邊界或極限、重新回到自己身體之內（部分引自上述《意識的神經學》一書）。

其中的 OBE 是目前神經醫學、臨床研究，與認知科學研究得較多的課題，對造成自我離開身體的經驗之不正常大腦運作機制，或相關的腦區損傷，皆已有初步研究。OBE 不只可能併隨 NDE 發生，它也發生在不同場合，研究者估計一般人在其一生中可能有百分之五的機會經驗過。NDE 則因所包含的內容更廣，科學界的爭議與疑慮也較多，但仍應與大腦功能在瀕死當時受損或異常運作有關，由臨床上瀕臨死亡或生命曾遭受嚴重威脅者之相關資料，當代較保守估計在這些人身上發生 NDE 現象的比例約百分之六至十二。

個人如上所述，在年輕二十幾歲時，誤食超量的亞硝酸鈉昏迷十多個小時，在內科急救室睜開眼睛時，就有隧道式視覺與極強的亮光，我已在上面提出簡單的科學解釋，但若因此將瀕死經驗中的視覺現象，只說成是類似長久感覺剝奪後所造成的受損視覺或幻覺，那是太過簡化問題。每個人對 NDE 的體驗不同，包括我自己在內，也只不過是其中一個可能性而已，因此需要像 Moody 那樣，多問問有類似經驗的存活者，才能勉強拼出一個圖貌出來。麻煩的是，對這類現象作過度引申或加入主觀想像的慣性，經常存在，過度引申之後常使該類經驗的科學事實變得難以追索。

端午節前夕，屈原詩魂一直想回鄉，可嘆君國之地已找不到路標，豆棚瓜架雨如絲，我就姑妄言之大家姑妄聽之，有點《聊齋志異》的味道吧！

雪夜劍橋驚魂

這裡的劍橋是哈佛大學所在地，而非倫敦城外的劍橋。時間大概在一九八〇年。冬天的劍橋大雪紛飛，星五晚上最好的娛樂是到隔壁的 MIT 打籃球，或者與張海潮、雷霆，與在當博士後的王群、姜謙等人，品評 Celtics 的戰績。有一次到 Lexington 朋友家靠著火爐邊夜談，隔天早上起來，已是大雪來襲後，在前面樹林的一大片向陽葉面上，各自積了白白細細的新雪，陽光一照，樹葉輕輕晃動，微光向各個方向流動，就像曼妙的水舞一般，那種風情真是帥呆了。

但是雪夜不都是這麼有趣的，有一天晚上忙到十一點多從研究室回去，將夾克豎起擋雪，走到普南路（Putnam Avenue）一個角落，有一個人跳出來抱住我並遮住我的眼睛，我說「張海潮，你別鬧！」那時張在哈佛數學系當訪問學人，這時聽到有另一個人的聲音說「這是搶劫！」開始有人掏我兩邊口袋，忽然一聲愉快的 Bingo! 他們很快結束這件事，告訴我不准轉身，他們要走了。我判斷腳步聲大約十來秒後轉身，看到三位大漢在前面奔跑。一檢查，早上領的一百元新鈔被拿走了，怪不得大叫 Bingo! 回到居住處報案，來了兩位警察，一白一黑，白的一直問那三個是不是黑人，我說沒看到不知道，心想你的黑同事就在旁邊，有點白目吧。沒想他不死心，追問口音聽起來是不是黑人，我的回答一樣，不知道聽不出來。這件事以後當然是不了了之。

隔天早上找系辦公室的人拿備份鑰匙時，他說起附近停車場有時會有人拿刀要錢，波士頓城區則有人破窗而入，這意思大概是說我有夠幸運。後來居然有希臘、中歐人跑來，來訴苦說在波士頓街上，如何在白天與夜晚在車上與路上，被威脅、被歧視，搞得好像要我主持正義一樣，被搶之人竟要同時扮演民族英雄角色，這太荒唐了。劍橋區台灣來的則互相告誡，長得像我的人，雪夜不要太晚出門，不得已真要出去，記得口袋放一百塊。沒想對我是小事一樁，竟成為劍橋區的茶餘飯後。

血光之災

二〇一二年二月到南加州，搭渡輪到墨西哥太平洋沿岸，在船上開同學會，難得大家還有勁一齊旅遊，在 Todos Santos（All Saints，萬聖之意，位於下加州半島 Baja California Sur）上岸時，大家很高興看到一間有特色的旅館叫做 Hotel California，這是 The Eagles 的成名曲，其實並未指涉任何一間具體的旅館，而且這間旅館是在墨西哥的下加利福尼亞州，而非在美國北加州，但世界上有些人因此慕名而來，我們無意中發現這件巧合，覺得人生真有意思，可以很多事情都在太平洋邊一座墨西哥小城上，撞到一起了。

回來後在三月做了一個定期體檢，因為已經五年沒掃過 PET 了，一做卻被高嘉鴻醫師發現左右代謝狀況不太一致，隔天一大早再作 CT 確定，左腎必須馬上住院開刀。但是當天中午已與李遠哲院長，一齊約了幾位朋友在台北聚餐，已全部訂好，很難再改，而且理由應該是對醫院與飯局客人兩邊都講不清楚，也沒必要嚇人，何況不可能當天就開刀，就說等下午回來再安排吧。醫院同仁大概覺得碰到外星人，吃飯的人也沒覺什麼異樣。之後承鄭隆賓與吳錫金兩位老友醫師的全力及專業安排，得以順利進行。

開刀安排在生日前一天，凌晨進開刀房前半小時，大概已三十年沒見過面的普渡大學 Jerry Wasserman 來信，告訴我老朋友 Peter Schönemann 已經過世一陣子的消息，我還用手機回了信，並順便發一封信給 Lothar Spillmann，說已與 Jerry 取得聯繫。Lothar 後來知道我是在上刀前寫的信，大吃一驚，直說不是前兩天才快快樂樂與同學照相嗎？出院後很快就上工，五月安排一位以前的學生謝伯讓來演講，他在國立新加坡大學與杜克大學合辦的醫學院任教，在視覺與意識研究上已有國際聲名。之後我還在學校做了一個公開演講「大學的傳統與學風」，三個月後就開始打球了，這件事情一定要繼續注意，在行程表上好好安排定期複檢，但在生活上必須把它忘掉。八月又聽到以前在哈佛同一層樓的導師 Duncan Luce 教授辭世，心想生命真是無法預期，還是按照自己步調過日子，才能相忘於江湖。

開刀以前有兩年經常膝蓋與手關節痛，檢查不出名堂，吃含 glucosamin（葡萄糖胺）的維骨力與 Move Free，其實在病情不明下應該是沒什麼用的，我還問過醫療同仁，在循環過程中，葡萄糖胺如何能特別找到膝蓋與關節需補充處，啟動具特異性之黏合（binding）功能？結論仍相當不明確，因此也難期待成效，還是找源頭，弄清原因之後再作處理比較好。

開刀後，發現上述症狀大幅緩解，就教幾位骨科與腫瘤醫師，想了解究竟是什麼原因造成的，不過我很快就發現這不是一個簡單問題。有兩件事必須納入考量，一為當體內腫瘤異物形成時，身體的免疫系統會先全力趕到病灶處應戰；另一為在攻擊病灶尚未成功甚至遭遇反制時，身體免疫系統變活躍，以繼續對抗病變，但這種活躍具一般性，因此也會攻擊到身體上比較弱比較沒有反制能力的部分，如年紀大了以後的膝蓋與關節，所以就出現了一些長期症狀。融合前述兩說，可能是免疫細胞先全力趕到病灶處纏鬥，但一時之間難以取勝，T細胞敏感度因之提升，造成活動力增強並具一般性，以致對退化的膝關節形成壓力產生發炎反應。病灶摘除後，免疫系統回歸基本線，不再攻擊身體積弱之處，因此膝蓋與關節的小病痛得以緩解。這樣看來，膝蓋與關節的長期病痛，也具有一些診斷的預測性功能，告訴我們，應該做做相關檢查了，做了以後沒事最好，有了就趕快做些積極治療吧。

看起來，可謂尚無通說，仍需進一步的臨床個案與實驗室數據，才有辦法做出驗證，還是讓搞免疫的人去頭痛吧。當然，還有一個臨床與骨科的觀察，也就是手術之後體重減輕了，膝蓋與關節的負擔減少之故，這個解釋既簡單又有臨床意義，說不定是更好的答案，有些臨床經驗豐富的醫師就持這種觀點，但問題是如何解釋體重回復後仍然緩解的狀態？

空中驚魂記

我完全同意交通安全專家所做的結論，亦即以哩程數而論，搭飛機是危險性最低的交通工具。但縱使如此，在飛機上偶爾還是會發生一些故事，值得在此聊聊。

大約是三十來年前還年輕的時候吧，國科會組團到水牛城的紐約州立大學（SUNY Buffalo）George Lee 教授處，造訪由 NSF 支助成立的國家地震工程研究中心。快要到機場時，飛機輪子居然下不來，只好在空中一直繞圈圈，想把油料用掉卸掉後，以機腹迫降。好在最後關頭終於放下輪子順利著地，但已讓底下幾位接機者看得心驚肉跳，不知如何是好。

再來是約二十年前到蒙古戈壁沙漠去，從戈壁沙漠搭螺旋槳小飛機返回烏蘭巴托，在機艙坐定後往外一看，駕駛抽菸隨手一丟就上飛機。我以前搭飛機有一個毛病，一起飛就睡著至少片刻，這次起飛照慣例又睡了三十秒，醒來後老友於幼華說，我漏掉了好幾個精彩鏡頭，原來駕駛在起飛時耍帥，向底下的人揮手告別，差點撞上電線桿。

之後是十五年前的九二一震災重建與桃芝風災的勘救災。我一生最密集的國內飛行是在負責九二一重建時，六百一十天內，飛了三百六十五次（不含直升機），在南投、台中與台北之間穿梭，從沒想過安全問題。桃芝風災時，南投信義鄉成為孤島，要靠直升機救援，但氣候不穩，常有起霧、湧升氣流之情事，S70C（海鷗）已經算是性能好的直升機，但對氣流還是相當敏感，起起伏伏，有時艙內士官長要打開機門，看看底下是否有操場或空地可以降落，同時還要提醒駕駛「小心，有電線！」

不過，這些都還不算是最驚悚的。二〇一五年四月三日晚上月全食，血月。我正從芝加哥飛往舊金山途中，約一個半小時後出現短暫昏迷的緊急狀況，血壓與心跳曾有短暫下降，兩位與醫事有關的乘客過來協助（一為 United EMS Workers 理事長 Sami Abed, 一為精神科醫師 Rizwan Ali），聽說用到了簡易電擊器（AED）與打強心針。飛機決定中途降落到 Nebraska 的 Omaha 機場，我被送到 Creighton 大學醫學中心，認定為 presyncope（暈厥前），據醫院急救醫師研判（但未寫入診斷書），其中一個原因，可能是一種感冒藥物中的 acetaminophen，服用兩三小時後造成血管擴張，血壓降低之故。

返台後作心臟、頸部與腦部血管及其他檢查，沒發現異常，acetaminophen 則是很普通的止痛藥，不至於與這件事有關，但還是發生了。綜合各方意見研判，應是最常發生的「血管迷走神經性暈厥」（vasovagal syncope），此問題若無其他因素干擾，應是只要躺平即可，不需特別治療，不過還需較長期之觀察，才能下定論。

我發現這件事的來龍去脈還有點複雜，為了給關心的人一個交代，就把它當推理小說處理了，之後就給大家發了一封信（寫給 Sami 與 Rizwan 的英文感謝信就不附在這裡了）：

一整個月時間過去了，希望能在此向您做個報告，以答謝大家的協助並報個平安。今年三月底 INQAAHE（國際高等教育品保機構網絡）在芝加哥召開雙年會，因為 HEEACT（台灣高教評鑑中心基金會）是該組織一員，故特組團參與盛會並發表論文，承蒙駐芝加哥台北經濟文化辦事處何震寰處長與教育組林逸秘書（組長）的大力協助，得以順利開完，並完成相關的重要參訪工作，之後依原定計畫搭乘四月三日晚上七時三十分 UA 班機，由芝加哥到舊金山，再搭長榮班機返台。

難以預料的是在當晚九時四十分左右，我因發生 near-syncope（近暈厥），血壓降低心跳變慢，在機上承 Sami Abed（President, United EMS Workers - AFSCME Local

4911, AFL-CIO）與 Rizwan Ali（Practicing Psychiatrist in Roanoke, Virginia）負責急救，作 AED（Automated External Defibrillator）與打強心針，雖然因血壓下降不易找到手背血管，而有漏針現象，但急救相當有效，很快恢復意識。UA 依標準程序在晚上十時十分緊急降落 Nebraska 的 Omaha 機場，並於十一時五分抵 Creighton 大學醫學中心急診部觀察，勞煩林逸與 Kansas 辦事處的李瑞徵組長半夜居中聯絡，當晚十一時五十三分主治醫師 Dr. Robert C. Oelhaf Jr. 開立大略診斷書（presyncope 或 near-syncope），認為已脫離需緊急醫療之狀態，可以再做後續飛行。四月四日凌晨一時五十分離開急診部到機場，五時五十分轉搭 AA 到舊金山，承蒙駐舊金山台北經濟文化辦事處張秀禎組長親赴接機，並安排食宿；當天深夜搭長榮班機返國時，又蒙陳寶鈴組長送機，蔡敏舜秘書特別協助安排回程座位。凡此種種，實甚感激，一時難以回報，謹再致上萬分謝意。緊急處理過程中，感謝 HEEACT 執行長江東亮教授專業與精準的聯繫及紀錄，才有這些詳細的安排與數字。

返台後，先後在學校附醫做相關之腦部、頸部與心臟之血管檢查，並諮詢專家蔡崇豪（神經內科）與徐武輝（胸腔內科）兩位教授及其他專業意見後，先排除這方面的問題。另外剛好在開會時碰到幾位教授醫師，也提供了可能的因素，包括有賴其萬教授（和信醫院神經內科）、林其和教授（前成大醫學院院長）、陳偉德副校長（中國醫小兒科）、林欣榮教授（中國醫神經外科）、殷偉賢教授（振興醫院心臟血管內科）、蔡長海董事長等人。

綜合歸納後，我自己比較相信底下的看法（惟一切仍應以需長期觀察的醫療診斷為依歸，在這裡只是當為參考）：三月下旬即已感冒未癒，抵芝加哥後天氣仍甚寒冷，病情加劇，密集開會與參訪後即上飛機，未進正常晚餐，飛行途中可能有各項不利因素，諸如偏低血糖、postural tension（血流往下肢）、身體狀況不良等項，以致在胸悶未及平躺時，在走道上發生類似「血管迷走神經性暈厥」（vasovagal syncope）之狀況。迷走神經調節血壓與心跳，在諸多身體條件不能配合下，會受到影響，在系統與功能上受到不當驅動（如看到血、怕打針、受到驚嚇、血流往下肢等），產生昏迷現象，這是最常見的昏迷類別，只要躺平休息一下即可，若無其他危險因子，應可不必再做積極治療。

我經過密集的檢查與觀察後，應該已無相關醫療上的緊急問題，特謹向各位大力協助過的朋友敬致謝意。另外，我很快將再訪美國，屆時還請大家再予協助。

胸腔外科朋友陳志毅教授跟我說，他曾在機上協助急救過四次，問過航空公司，國際跨洋大班機迫降一次，全套開銷（包括直接與間接損失）最高可達台幣五百萬，二〇一五年又看到華航因故迫降到阿拉斯加，估計損失是一百萬台幣，可見這數字不好估計。美國內陸迫降大概也要提列三分之一左右損失吧，雖然這些意外都有保險可以涵蓋，但還是會影響到機上乘客下一步的行程，更別說他／她們可能受到的驚嚇與不安，想起來除了感恩之外，還真是有點不好意思。

事後有人關心到醫院走一趟花了多少錢。教育部前政務次長林聰明校長曾跟我說過，有一次因身體不舒服到約翰．霍普金斯（Johns Hopkins）大學醫院打一針，結果收費約一萬美金，他向這間醫院的學校校長抱怨，沒用。李明亮前署長曾在紐約市發生車禍被撞，安排到醫院「觀察」一晚竟索價一萬美金，不住了，另想辦法。我一位姪女在德州念書發生大車禍，昏迷十幾天，在很多人幫忙下醒來，之後回台復健半年多，精神抖擻的又回去拿博士學位，美國當地醫院後來給的帳單是四十多萬美金，她只付了三十幾萬台幣，其他都是學生保險給付。很多人猜測我走這麼一趟醫院，如此驚險，沒上萬美金是交代不了的，沒想帳單一寄來，完全出乎意料之外，才七百多美金，我的各項旅行平安保險與健保可以抵掉三分之一，聽到的人都說快跌破眼鏡，包括曾負責過附屬醫院業務的，前杜蘭（Tulane）大學副校長 Paul Whelton。他們都不知道我一生怪異事跡這麼多，再來一件預期不到的，又何足道哉。

我因公務與校務之故，行走災難及生命脆弱之地，已逾十五年，深覺自己的生命自己顧，但需儘量放自在，時間到了自然是鞠躬說再見，若時間未到，還是要尊重自己，謙遜但堅定的活下去。John Donn在《聖十四行》第十首詩中，對死亡提出挑戰，他說：「死亡，你不必如此驕傲。」（引自John Donne, *Holy Sonnet X*: Death, be not proud.）而且最後還對死亡喊話：因為短暫的睡眠過去之後，我們將會恆久的清醒，所以「死亡，你去死吧。」（Death, thou shalt die.）我真想像他那麼有氣魄，但那是活著又意氣風發或滿懷悲憤之人講的話，像我這樣，還是謙虛一點吧！

（2015／6）

輯二——藝文札記

走讀三位詩人的生命選擇

在歐美詩歌歷史上，我所喜愛的出色詩人很多，也曾分別在不同場合引用評論過，現在想要提出三位知名度相當高的大詩人，看看這三位在面對生命之時，是如何做出選擇的，她／他們是狄金蓀（Emily Dickinson, 1830-1886）、里爾克（R. M. Rilke, 1875-1926），與佛洛斯特（Robert Frost, 1874-1963）。就讓我們跟著這三位，看看詩人們如何走讀自己人生，同時也讓我們停歇一下，想想自己究竟走讀出什麼人生。

狄金蓀給人的印象是長期在孤處與孤獨之中，但一直不斷的對外界做反應，對周圍環境的變化甚為敏感。里爾克詩作中表達的，常是對周遭的好奇與認識之後的超越，一向將詮釋的層次拉得很高。佛洛斯特最為人熟知的，當然是他以一種淡淡的孤獨旅人風格，表達他如何面對人生分岔路的選擇。

除了在尋找人生出路面對生命方式，有如上不同外，三位詩人還有很多層面上的不同。狄金蓀詩作中的墓碑隨著生命對話的進展，爬滿了青苔；里爾克自己預想死後的墓誌銘，讓玫瑰與純粹的矛盾迷惑了一整個世代的人；佛洛斯特詩作中，則經常出現凋零的玫瑰與乾枯的花朵之類字眼。在入世方式的對比上，狄金蓀總是在自己家花園，看到讓血液降到零點的蛇；里爾克看到被關的豹，眼前就浮現籠中豹大格局的一生；佛洛斯特老是在荒野外與山中尋路，想走到人跡罕見之處。

三人對人生與死亡的議論方式也大有不同。狄金蓀想優雅的與古宅一起變老；里爾克的那棵生命之樹，一直在成長在歌唱，歌詠奧菲斯（Orpheus，希臘神話中出色又純情的詩人與樂手歌手）的純粹；佛洛斯特總是當人生背包客，一直喃喃自語說，我還有很長的路要走。

這三位總有相同之處吧，亨利．詹姆士（Henry James）曾說過一句名言：人生總有連舒伯特都無言以對的時刻，我的想像是她／他們在走讀人生，對人生發問時，總有一些時刻不知如何自處，心中一片空白之後，開始寫詩替人生塗上不同的顏色與灰度，在這個關鍵點上，三人應有相同之處吧。

Emily Dickinson（1830-1886）

我以前年輕的時候，曾寫過一首〈時間〉（一九七二），寫的是走在校園的林蔭道，對四周的楓葉與些微風雨，不必揮手打招呼，只須輕輕一點頭，這個時刻已是黃昏，夾著蔚藍如洗的落寞。另一首則是〈夏日之塵——追憶去夏往事〉，寫說秋日的高雅與冬日的凝重，在夏日之塵中，散開了森森的白骨，在向晚時分，街道上塵埃伴著白骨，走著小黑貓的步伐。事後想想這種描述人與自然界互動的風格，顯然受到余光中早期所譯狄金蓀兩首詩的影響，一為〈夏之逃逸〉（As imperceptibly as Grief），另一為〈蛇〉（A narrow Fellow in the Grass）（譯詩參見林以亮等人編譯《美國詩選》，一九六一，今日世界社；一九八八年授權重印，台灣英文雜誌社）。當然，我現在已沒辦法確定是不是在年輕時，曾用心研究過這兩首詩。

狄金蓀在一生的想像之中，尋找構築生命的孤獨之路，在墓園中仍然持續對話，直到青苔爬上來。她很早就選擇不假外求，所有的路都通往她的內心，那是一座靜觀自得的大殿堂，無比寬廣，令人自在，這是她一向相信的大腦舞台，她說「腦比天空更寬廣」（The brain is wider than the sky.）。她一向認為內在的獨立生活，或者一個人對自然界的觀察，遠勝於與外界及人際的互動，甚至宗教的教誨。

她很清楚的表明了她的偏好：

〈我是個無名小卒！你呢？〉（I'm Nobody! Who are you?）

你也是——無名小卒嗎？

做個名人多無聊啊！
多暴露——像隻青蛙——
對著欽羨你的一方沼澤——
在長長的六月喧囂你的名字。

她很快地封閉了自己：

〈心靈選擇了她的社群〉（The Soul selects her own Society）

然後——深鎖門扉——

心堅靜，就算見到馬車暫停——

在她簡陋的矮門邊——

她最喜歡做的事，顯然是創造一個墓地情境，讓為美殉身與為真理殉身的人，在孤寂中相互熱烈交談：

我們隔牆交談——

直到青苔長到我們唇上——

且淹沒了我們的名字——

她的結論應該是：

〈The Brain is wider than the Sky〉（腦比天空更寬廣）

The Brain is deeper than the sea（腦比海洋更深邃）

The Brain is just the weight of God（腦與天神等重）

與前面幾首詩作風格一致的是，她對宗教的敬意顯然不夠，能諷刺就諷刺，因此對死亡的看法與告別的方式，在那個時代是很奇特的：

〈在那時那些死去的人〉（Those- dying then,）

知道何處去——
走向神的右手——
如今那手已被砍斷
神亦無處可尋——

信仰的放棄
使言行卑鄙——
一抹鬼火

聊勝於全無光亮——

〈善妒的神〉（God is indeed a jealous God..）

神是個不折不扣善妒的神——
祂無法忍受
我們世人寧可在一起
卻不與祂玩。

〈戰戰兢兢地敲門〉（Knock with tremor..）

這邊住的都是凱撒——
如果他們在家的話
趕快跑，就像無意間
踩到命運的腳——

他們早已從你召喚的領域退出
幾世紀前——
嚇壞你——他們若向你說「你好」
你有何向他們邀功表蹟的？

（以上譯詩見：董恆秀與賴傑威譯評《艾蜜莉狄金生詩選》，二〇〇六，新北市：木馬文化。）

R. M. Rilke（1875-1926）

里爾克是屬於那種抽象厚重型、高蹈式，與德國哲學風的詩人，純粹與玫瑰常存他心中，就好像野外猛虎走到盛開的玫瑰花叢旁，戰場上在鐵絲網交錯中看到一朵紅玫瑰一樣，他一直想要在人生場上超越，心中卻念念不忘「純粹」。因此超越要純粹，墓碑上的玫瑰要純粹，踱著步伐的獅子那股精神要純粹，被關在籠內凝視世界的豹，逡巡四顧的腳步更要純粹。下選寥寥數首，從浪漫情懷往前追尋生命的意義，進行凝重的反思與修練，之後，就是超越與純粹！

〈秋日〉（一九〇二）

誰此時還沒房子，就不會再建造了。
此時還獨自一人，就會有很長一段時間如此了，
將會醒來，讀書，寫長信
與心神不寧地在林蔭道上
來回遊蕩，當落葉紛飛時。

（唐際明譯，二〇一五；商周出版社《慢讀里爾克》。）

〈豹〉（一九〇三）

他的目光因來來往往的鐵欄
變得如此倦態，什麼也看不見。
好像面前是一千根的鐵欄，
鐵欄背後的世界是空無一片。

他的闊步做出柔順的動作，

繞著再也不能小的圈子打轉，
有如圍著中心的力之舞蹈，
強力的意志暈眩地立在中央。

只有偶爾眼瞳的簾幕
無聲開啟——那時一幅形象映入，
透過四肢緊張不動的肌肉——
在內心的深處寂滅。

（李魁賢譯，一九九四；桂冠圖書《里爾克詩集》。）

〈給奧費斯的十四行〉第一部第一首（一九二二）

那裡升起一棵樹。啊，純粹的超越！
啊，奧費斯在歌唱！啊，耳中高聳的樹喲！
而一切靜默。但在沉默中
進行著新的初始、涵義，與變化。

（李魁賢譯，一九九四；桂冠圖書《里爾克詩集》。）

〈墓碑上的墓誌銘〉（里爾克生前所擬）

玫瑰，哦，純粹的矛盾，在無數眼瞼下，
你歡享那不屬於任何人的睡夢

（程抱一譯）

Robert Frost（1874-1963）

在佛洛斯特生命中老是有一片荒涼，盡頭總是有兩條路，總是無法停下來，還是要無休止的趕路，祇想作孤獨的飄泊旅人。很多人引用他的名詩，來闡述自己即將冒險犯難揚帆出海，這種雄心壯志的出發宣告，恐怕是大大違背了詩人本意。現代人都很熟悉他的兩首詩，我不能免俗，也覺得不必迴避，他這兩首確實具有真意，相當程度反映了他的一生際遇。

〈雪夜林畔〉（Stopping by Woods on a Snowy Evening）

這森林真可愛，黝黑而深邃。

可是我還要去趕赴約會，
還要趕好幾哩路才安睡，
還要趕好幾哩路才安睡。

（夏菁譯詩，林以亮等人編譯《美國詩選》，一九六一，今日世界社。）

〈未走之路〉（The Road Not Taken）

多年後的某時某地
我回憶此刻將輕聲嘆息：
樹林裡岔開兩條路　而我——
我走了人跡較少的那一條，
因此有了完全不同的人生。

（尤克強譯，見曹明倫譯《佛羅斯特永恆詩選》，二〇〇六，台北市愛詩社。）

一生走讀

對這三位大詩人的詩作不能強作解人，而且隨著不同人不同階段的人生體驗，詩歌總會在適當時刻展現自己，假如碰到了連舒伯特都無言以對的時刻，那就自己找出路吧。以前我在閱讀葉慈的詩作〈當你老了〉（When You Are Old），與教會歷史的傳說故事〈你往何處去〉（Quo Vadis）時，覺得真適合經常拿出來說說走讀人生的精義。

讀完葉慈的詩，在夜間出走，到群山之上，走入明明滅滅的星群之中，尋找遠方的誰是我，我又在過去走過什麼地方，一一在星圖上標定。回來後，人生還有很長的時間，可以一路上展開漫長的告別。

至於Quo Vadis，也是波蘭小說家顯克微支（Henryk Sienkiewicz，一九〇五年諾貝爾文學獎）曾經寫過的作品名稱，這本小說是電影《暴君焚城錄》（一九五一）的劇本，我小時候因為對基督宗教不甚了了，所以將這部電影當成是尼祿王焚燒羅馬城的古裝劇情娛樂片看待，後來從啟明書局與商務印書館的出版品，看過顯克微支的中短篇小說，也沒將這部電影與顯克微支以及基督宗教好好連接起來。這是一則流傳於教會歷史但未寫在《聖經》上的故事，說的是在西元六四年，尼祿皇帝大肆迫害基督徒時，彼得出羅馬城避難，碰到復活的耶穌要往城裡去，彼得問說「Quo Vadis, Domine」（主啊，祢要往哪裡去？）耶穌說要回羅馬城再被釘一次十字架，彼得聽後有所悟返回羅馬護教，之後頭向下雙腳朝天倒釘在十字架上殉道。我愈進一步閱讀這些傳說，愈有一些心得，認為因為傳道，被釘上十字架是宗教史與時代的大悲劇，對所有世代的人都是知性與情感上的大衝擊，久久不能釋懷；第二次自己要找路回去被釘第二次，這個傳說的震撼性在於「你往何處去」這句問話，所揭露的高度啟發性，連聖彼得都因此受到啟示，最終獲得救贖。我們在漫天風沙的路上，尋找出路，遇到來來往往的人與事，有沒有機會問出類似聖彼得的大哉問，問出來後有沒有得到過令人震撼的回答？這應該就是走讀人生的要義。很多人常常彰顯於外，一路擺明了就想尋找人生的十字架，那是一生認同之所在，卻常忘掉在深夜人靜時，忽然發現人生真有無言而且不知所措的時候，其實就在曠野不遠處，一支倒放的十字架在閃爍的星光下現身，慢慢地往地平線退去。

（2017／5／25）

年輕時代拿起又放下的三本大小說

——兼論「普魯斯特效應」

我對三冊大書一向懷著心嚮往之，但又敬謝不敏的心情，遲遲不能看完它們，也有意無意的避開它們，這是一種依違兩可（ambivalent）的心理狀態。人生中其實有很多類似現象，有推的力量也有拉的力量，推的力量要你去接近它，拉的力量要你離開它，就在一推一拉之間，人生開始移動開始展開，有時往上爬接著往下降，如此周而復始，就像薛西佛斯（Sisyphus）神話一樣，上山下山永無止時，為過去的重大生命抉擇付出代價，至死不悔。這也是一個典型的一階微分方程式（first-order differential equation），將推與拉的力量當成兩個獨立存在但又互動的元素，放入方程式求解後，會跑出一個二次成分（quadratic component），就像一條二次曲線，下了又上，上了又下，人生的石頭開始滾動。

沉重的生命之書與生命的路線圖

這三冊大書首先是杜斯妥也夫斯基（Fyodor Dostoevsky）在一八八〇年出版的《卡拉馬助夫兄弟們》（The Brothers Karamazov），故事內容是有關老卡拉馬助夫與家庭成員的糾紛，後來被自己的私生子弒殺，在法庭審理時老卡拉馬助夫三個兒子中的老大與老二，自認對這件弒父案也有道德責任，小說中通篇論理，充滿有關人性、罪惡、道德、生命、理想，與宗教神學的討論，是我們在大學讀書時認為應該好好看的成長之書，更瘋狂轉傳道聽塗說小說中老二伊凡的名言：「若上帝不存在，什麼都可能。」

上面這句話顯然是經過文青式語言的修飾，那個時代的台大對任何類型的老大哥都不喜歡，想表現的是要弄出一種走自己路的氛圍。這句話比較精準的講法其實是：「若無上帝，諸事皆可被允許。」這種講法的源頭，應該是來自卡拉馬助夫家老二伊凡一貫的信念「若無永恆的靈魂，則無德行，而且凡事皆可被允許。」（If there is no immortal soul, then there is no virtue, and everything is permitted.）底下是在小說中引申出來的對話（第四部十一卷四章；Part 4, Book 11, Chapter 4）：卡拉馬助夫家兄弟中的老大狄米區，大概是聽到了一位來探望他想寫他監獄案件故事的學生作家記者，說了一些與他家老二類似的主張，於是在獄中問這位顯然不怎麼相信上帝的學生作家說：「按照你的說法，告訴我接著對人會發生什麼事？若無上帝與來生，是否諸事皆可被允許，人可以愛做什麼就做什麼？」（How will man be after that? If there's no God and no life beyond the grave, doesn't that mean that men will be allowed to do whatever they want?）這位徹頭徹尾不喜歡上帝的作家記者回應說：「你不是已經知道了嗎？對聰明人而言是諸事皆可被允許，因為他夠聰明能不惹麻煩上身，但你就不行啦，你因涉嫌殺人被抓，一直到現在還必須飽受牢獄之苦。」老大狄米區對這個概念嘗試作多方面的了解，還問了底下的問題：「是否對一位無神論者而言，做壞事是被允許的，而且應該被認定為是面對該一情境，所必須做也是最聰明的解決方法？」老二伊凡後來覺得老大所提問的「若無上帝與來生，是否諸事皆可被允許」這種闡釋方式，也還可以。

其實問題真正的核心，可能是我們要如何在自由與責任之間取得適當的均衡。沙特在其一九四六年的《存在主義是人道主義》（Existentialism Is a Humanism）書中說：「若無上帝諸事皆可被允許這句話，並非表示道德的終結，而是道德的開始。或者至少可以說，是追尋新道德的開始。一個人必須負起全面的責任，不只是為了自己的不良德行，也是為了那些影響到別人的壞事。」（另可參見 Andrei I. Volkov（2011）. *Dostoevsky Did Say It: A Response to David E. Cortesi.* The Secular Web.）。

這是一本大部頭的嚴肅沉重之書，若能讀進去，出來就像是經過一場大蛻變一樣，但是很多人還是心嚮往之而不能至，拿起又放下，如是者不知多少次，一直到晚年。在佛洛伊德看來，這本讓青少年「轉大人」的撞擊之書裡面，深藏伊底帕斯情結（或稱弒父情結；Sigmund Freud, 1928, Dostoevsky and Parricide），因此佛洛伊德認為Dostoevsky 是有史以來最偉大的小說家。這本大部頭書處處充滿了神學式與哲學式的辯論，我大學時代有幾位怪咖，用每天早上起來逐頁背英文字典單字背一年的精神，不計苦難的看完它，我沒問他們究竟看懂了什麼，他們好像也不太熱衷說明看懂了什麼。只有一位後來深研佛學，可惜已過世的歷史系同學，在大學時代曾跟我說過，這本書讓他花了很多時間開始想一些，他過去從沒想過的問題。

現代與古典對應的危險之書

第二本是 James Joyce（1922）的《尤利西斯》（Ulysses），仿荷馬《奧德賽》（Odyssey）作品的史詩結構，並與之作對應的現代版，將古代漂泊的流浪英雄十年旅程（從特洛伊戰爭結束後啟程，行經愛琴海、地中海、Ionian 海，碰到各種奇人異事又抗拒了各種誘惑，才返回到以色佳 Ithaca 故鄉，那裡已經有一堆人在覬覦他那位美麗的王后），濃縮為現代的一天，好像是一本只反映了一天現實生活的日記，書中有多處內心情感獨白，是早期的意識流小說，與潛意識表現緊密關聯，也是精神分析最樂於切入的經典著作。

耗費十年的特洛伊（Troy）戰爭之後，想出木馬進城策略的奧德賽（又稱尤利西斯），在海上漂泊十年才回到家，底下的古路線圖說明了他所遭遇的事跡，包括在蓮花島上拒食忘憂果、刺瞎海神之子獨眼巨人Cyclops、說服Circe女神、造訪冥府亡魂之地、逃離致命誘惑的 Sirens 女妖、避開怪獸或漩渦的兩難困境通過 Messina 險峽、海神 Poseidon 不留情的懲罰、只剩他一人安逸七年與 Calypso 共駐島上，最後歷經險阻與王后 Penelope 在二十年後重逢。

《尤利西斯》（Ulysses）這本驚人的小說，可以說是透過創意性的模仿荷馬《奧德賽》（Odyssey），而得出的一個看起來有點像，但又完全不像的作品。類比與模擬在科學上經常使用，成為創意的來源，如 C. P. Snow 認為熱力學第二定律是現代知識分子必須知道的定律，因為假若熵值不斷累增（如人為造成的全球氣候暖化），則透過與熱力學第二定律作類比，可以得出人類系統即將面臨衰頹崩潰的結論，人類必須牢牢記住這一點，以資警惕。這類例子很多，就像很多工程與生物科學上的重大發現，係來自應用與對數學及物理基本理論作類比一樣，如 Francis Crick 回憶認為，他從 Erwin Schrödinger. *What is Life*（1944）書中所擬想的，可以當為生命基礎單位的晶體結構之討論中，獲得解開 DNA 雙螺旋結構的啟示，James Watson 也持同樣看法；有虔誠宗教信仰的化學家波義耳（Robert Boyle），對神學辯論中有人主張空氣中充滿雜質，天使不可能存活其中的想法，深感不安，因此想出真空實驗，來驗證確有讓天使可以存在的空間。這些都是與類比以及創意性模擬有關的例子。

《尤利西斯》（Ulysses）這本書可以說是一本現代奧德賽的流放篇，以意識流敘說方式當為說故事的手法，這種組合聽起來，就像是快要精神分裂一樣。我對他的短篇小說集《都柏林人》（Dubliners）愛不釋手，但對這本《尤利西斯》一直敬而遠之。這也是一本文體複雜多變，過去多年被視為是一本內容淫穢當為禁書的爭議性小說（Kevin Birmingham, 2014）。這真的是一本「危險之書」，哲學家 Daniel Dennet 更早就用過類似概念，分析達爾文的學說（Daniel Dennett, 1995）。在我們仍然瘋迷精神分析的年輕年代，這是一本拿起又放下，老是讀不進去的大書。

Kevin Birmingham（2014）. *The Most Dangerous Book: The Battle for James Joyce's Ulysses*. New York: Penguin Books.（何曼莊譯《最危險的書：〈尤利西斯〉從禁書到世紀經典之路》，二〇一六，台北市：九歌出版社。）

Daniel C. Dennett（1995）. *Darwin's Dangerous Idea*. New York: Simon & Schuster.

敏銳的觀察：Marcel Proust 的《追憶似水年華》（1913-1927）

至於普魯斯特（Marcel Proust）在一九一三至一九二七年間完成的《追憶似水年華》（À la recherche du temps perdu, Paris: Grasset），更是念不完的套書，這套共出了七卷的小說集，反映了舊時代的斷面，沉迷於自己的過往，看往內心深處，不太理會社會事件與現實，藉由追憶，抗拒遺忘，找回逝去歲月的點點滴滴，充滿了內心獨白、自由聯想，與意識流動的痕跡，處處是精神分析的題材。有人認為本書滿紙荒唐言的風格，與《紅樓夢》有可相比擬之處。這套書在我們年輕時代並不普及也不特別出名，可能跟當時時代的沉重特性、流行存在主義與左派思維有關係，在那種時代，這種書是很難獲得共鳴的。這套書在法國也有很長的爭議歷史，剛開始被很多有清楚意識形態的知識分子（包括沙特），視為是一位上流社會閒散的布爾喬亞，在一戰前後這種嚴酷時代，需要實際付出社會關懷時，卻在那邊舞文弄墨言不及義，這邊想想那邊寫寫不知道停止的連冊長書。但時過境遷，竟成為舉世公認之法國文學界代表著作，過程可謂離奇。Pierre Nora 在一九八四至一九九二所編的論文選輯《記憶所繫之處》（Les lieux de mémoire）中，有一篇由 Antoine Compagnon 所寫的評論專文，認為普魯斯特這套作品建構了一座記憶的大教堂，在編者 Nora 學生戴麗娟教授的節選譯本中（《記憶所繫之處》，二〇一二；台北市行人文化實驗室），則將《追憶似水年華》這套書，與法國大革命紀念日與國慶日七月十四日、自由民主博愛箴言、馬賽曲、聖女貞德、艾菲爾鐵塔、環法自由車賽、二十七冊拉維斯（de Lavisse）的法國史等項，同列為法國的共同集體記憶。最近心理學及神經科學介入研究若干文學作品，其中一項共同主題就是所謂的「共感效應」（synesthesia），或更廣泛的稱為是「普魯斯特效應」（Cretien Van Campen, 2014），看起來，普魯斯特早已是不需要讓法國一直促銷的大作家了。

三本文學作品，恰巧都是可作精神分析主題詮釋的作品，我想這應該是雖然我一直敬謝不敏，但又沒停止過心嚮往之的深層理由。我應該找機會對這三本書做一個比較深入的嚴肅分析，但目前只打算在邊緣地帶，談談如何在感官經驗之間互通訊息的「普魯斯特效應」。

普魯斯特效應

普魯斯特七大巨冊的《追憶似水年華》（À la recherche du temps perdu；新英譯為「尋找失落時光」，In Search of Lost Time；舊英譯為「追憶往事」，Remembrance of Things Past，語出莎士比亞十四行詩句），最常被引用的是第一冊「史旺家」（Swann's Way）文中的一段，提到主角馬歇（應該是夫子自道）與母親在冬天喝下午茶時，聞到與吃到一湯匙浸過茶水的小貝殼形瑪德蓮海綿蛋糕（Madeleine cake）之際，不由自主地一下勾起過去在貢布雷（Combray，小說中的回憶之處，一座想像中的鄉居，並非法國諾曼第的Combray地區，指的應是普魯斯特七至十三歲時經常照訪他姑媽Elisabeth Amiot在Illiers的家，由於普魯斯特小說之故，現在的Illiers改名為Illiers-Combray，GPS的地圖上也如此標示）的生活點滴，宛如昨日，頗富戲劇性的，在這段回憶中，他還會聽到在時間軸上隆隆滾動的聲音。這種被重建再生的童年經驗，建構出各種關聯的感官經驗，就像是一種記憶綜合體（engram，心理學家Karl Lashley一九五〇所提出的概念），而且在回憶過程中會產生一種美學與情感的連結，帶來愉悅的感覺。心理學上有一種常被討論的現象，稱為déjà vu（似曾相識的視覺場景），這是一種特殊視知覺現象，亦即從現在的視覺場景片段，勾出過去的類似場景以及由此場景再擴延出去的聯結性記憶，déjà vu 可以在各種感官經驗上發生，不是祇有在視覺上發生而已。但依普魯斯特的經驗，視覺並非是最有效能尋找到過去失去時光的感官管道，最有效的管道應是嗅味覺、觸覺與聽覺。

在普魯斯特的寫作中，他認為嗅覺與味覺最能有效勾出過去的記憶，但是視覺大概是最無法引起這類結果的感官經驗，他觀察到若只是看到瑪德蓮蛋糕，並不會勾起對過去的回憶（Suzanne Nalbantian, 2003）。這是由感官刺激經驗誘發出過去的記憶，除了味覺與嗅覺之外，還有觸覺與聽覺等當前的片段經驗，也能有效的由現在勾往過去。另外一個則是共感效應（synesthesia），可能味覺會連出過去的視覺情景。劇作家貝克特計算普魯斯特這類神祕經驗，發現有不下十一次之多（Samuel Beckett, 1931）。至於在什麼樣的狀態下會發生這類經驗，在普魯斯特的個案中，主要是在他與現實有點脫離、作白日夢，或者心不在焉時發生。

這些描述非常生動有趣，其中還有兩個要點：1. 要產生這種現在與過去的聯結，需在童年時即已在各事件之間先聯好關係，成為記憶系統，並牢牢記住各種感官美學經驗之間的連結。2. 在現在與過去之間穿梭時，令人非常愉悅。認知心理學與神經科學，也許對記憶及共感經驗，有很多基礎與臨床的發現，但對普魯斯特所提的現象，其實所知非常有限，所以Van Campen（2014）在前述所提的書中，特別以「The Proust Effect」稱之，並猜測普魯斯特的海馬廻之運作。甚至還有一本書的書名叫作《普魯斯特是一位神經科學家》（Jonah Lehrer, 2007）。不過文學作品的最終價值，不可能侷限在這類特殊經驗上，也沒辦法將科學猜測作不合理的放大，聊作參考即可，以免抓小忘大。

所謂「普魯斯特效應」（The Proust Effect），指的是一種透過非自主的、感官誘發的方式，勾出過去事件鮮明且具情感性的再生歷程，這是一種自傳式記憶（autobiographical memory），或者就像是加拿大心理學家Endel Tulving（1972）所提出的情景記憶（episodic memory），相對於敘述性的語意記憶declarative memory），與自傳式記憶的講法同義，它具有「登錄特異性」（encoding specificity）的性質，若現場有與過去類似之場景或其片段，則能比較有效的勾出過去的記憶。但經常會伴隨有記憶扭曲，也可能不只是單純的事件或場景，另有伴隨之情感發生。

它在大部分情況下之誘發，並非以閃現（flash）方式出現，而是透過緩慢的過程，由剛開始難以定義的心境或情緒，逐漸進入意識狀態中，所以與佛洛伊德將潛意識驅力當為驅動行為的方式，大有不同。

慢慢誘發出過去事件後，很多情況會有加工創造的情形，因此不見得是原事件之再現，而且普魯斯特所描述，大部分回憶出來的過去事件，都是在六至十一歲之間發生的。採用現在比較有學理依據的看法，大概是因為孩童到了三歲半以後才開始學習到簡單句子，逐漸可用簡單句子來描述外在世界的事件，並借助其他的感官經驗來協助描述外界的特質，也因此慢慢開始有了比較可儲存長久的綜合記憶，五、六歲是一個合理的起始點；十一歲以後則大部分利用語言文字、思考、敘述來儲存事件的記憶，感官性的記憶就逐漸減少。英國利物浦大學的 Simon Chu 與 John Joseph Downes，在二〇〇〇年發表一篇研究成果，對一群七十歲以上的老年人做嗅覺記憶的調查，給予實際的嗅覺味道以及跟這些嗅覺有關的文字描述，並要他／她們分別描述這兩種刺激所引發的記憶，令人驚訝的發現是，實際嗅覺味道誘發的是六至十歲的記憶，間接的利用與嗅覺有關的文字所引發的，則是十一至二十五歲之間的記憶。

「普魯斯特效應」很難在實驗室做全面的複驗再製，因為它如上所述是非自主的、緩慢的，在與現實狀況有點脫離下發生，而且回復及重構的童年記憶，帶有很濃厚的美學與情感特性，實驗室很難在大部分的受試者身上複製出這些同樣的條件，因此也難以做出符合科學實驗基本原則及要求的研究。過去人類記憶研究發現嗅覺記憶之回憶與分辨能力驚人，甚至三個月前的味道，也可很準確的辨認出來，其中一種說法是認為在生物演化上，嗅覺與味覺常與危險訊號及後續生存有關，因此舊皮質與邊緣系統（limbic system）早就穩定的發展出有效的登錄方式，這些腦區剛好也是最早的情緒經驗登錄之處，因此有些研究者認為嗅覺記憶容易與情緒一齊被誘發。但是這類記憶的誘發經常是迅速且有效的，甚至常是在無意識狀態下進行，因此與「普魯斯特效應」所提的美學式緩慢重構過程大不相同。有人說不定因此認為這種文學式的想像何足掛齒，縱使有也不具什麼生存價值（survival value），應該可以排除在科學驗證與解釋範圍之外。

不過這種講法是十足削足適履式的科學主義，為識者所不取，因為若文學家仔細詳實地描述了自己的經驗，也是很多人可親身經歷到的，則這種經驗顯然並非孤例，而是人類的共相，科學在面對這類需要解釋的共相時，最好相信有一天總會找到出路，不要因為目前技術上的困難，就幼稚的想要去抹滅掉這些重要的人生經驗。好在，情況並不如少數人從狹隘科學觀點所主張的那樣，至少還可以從自傳、傳記，與對作家所處時代之了解，歸納分析出常識上尚可接受的結果。若將一些變項孤立出來，如上述直接嗅覺與間接文字誘發的回憶年紀等類的小實驗，還是可以在實驗室做出一些相關研究的。更重要的，其實以現在對腦部機制運作的了解，雖然仍難以在實驗室中準確複驗，但要解釋「普魯斯特效應」應該也不是一件困難的事，因為這是一件意識性回憶事件，因此剛開始時前額葉之介入是免不了的啟動機制，那裡也是處理理性與感性迴路的進階核心區，之後透過腦中的回饋線路，接觸有關時間與地點記憶細節的海馬迴，以及與情感緊密關聯的杏仁核，初步收集資訊後再送回前額葉加油添醋加工創造一下，再誘發啟動其他關聯線路，反覆震盪，產生關聯激發（correlated firing），如此巡迴慢慢回味，勾出美學式的情感經驗，其中當然有重新建構的創造成分。真正要仔細分析，步步要有根據，當然不是一件簡單的事，就留給這一行心胸開闊又有專業的科學家吧！

普魯斯特所說的嗅味覺記憶，又稱氣味記憶，聞到或嚐到某類與過去經驗過相似的氣味，接著勾出與這個過去在某個特殊時間地點經驗過的氣味，相關聯的場景及感官經驗，所以從氣味勾出的不只是氣味而已，也可能包括視覺聽覺等其他感官經驗在內。事實上在普魯斯特之前，即已有十九世紀法國小說家喬治桑與詩人波特萊爾，寫過這類奇妙的氣味經驗。文學史上寫作這類經驗的名家，還有 Vladimir Nabokov（1951/1989），他提出更多由觸覺、味覺、聽覺與色彩結合的感官印象，所誘發建構的過去記憶，並提及他童年時的多項共感經驗（如在聽到聲音時看到顏色，傳聞中的莫札特就具有這種能力，並幫助他記住初次聽到的曲譜），並在他的小說中創造出具有這種共感經驗的主角人物。這種能力大部分人都沒有，談太多反而讓人半信半疑，所以就不在這裡細談了。

有幾點與人類回憶有關的有趣特性，可趁此機會再度提出：1. 普魯斯特指出，當他再喝滿滿一口瑪德蓮海綿蛋糕時，並沒有比第一口多感覺出什麼來；再喝第三口時，帶來的感覺遠低於第二口，所以是該停止的時候了。普魯斯特說他所要找尋的往事並不是存在於那一杯蛋糕中，而在於他自己心中。2. 現代已知道的腦部機制指出，嗅覺與味覺是直接連到腦中長期記憶的核心腦區海馬迴，但其他感覺如視聽觸覺，都需先通過視丘（thalamus）這個中介站，再連上其他腦區處理，所以相對而言，在勾起往事的效率及速度上，就會差些。3. 回憶（remembering）是一個主動介入的過程，回憶的結果不一定都會呈現過去儲存的記憶內容原型，有些是在原來記憶的基礎上做了修正，與過去的其他記憶彙編重整；有些會被扭曲，有些殘缺不全，有些會被壓抑；有些則是被創造出來，以符合回憶者個人敘述（personal narrative）的主線思考方式。回憶過後，有些原來儲存的記憶及其解釋，可能會被重寫，修正後的內容，也有可能會被重置到原先的記憶位址，當然也可能並列放在新的位址上，其機制與計算機的儲存方式類似。這些想法與西元二〇〇〇年前的想法已經有所不同，更重視回憶也可以改變原來記憶內容與位址的可能機制。在上述所提的各點上，普魯斯特顯然是走在前面的，所以 Jonah Lehrer（2007）情不自禁的以「普魯斯特是一位神經科學家」來讚譽其先見之明，恐怕嚴肅的神經科學家是不會輕易同意的。普魯斯特是以個人經驗的貼身觀察，當為寫作之基本素材，一直主張原先的記憶只是外界現實的不完全拷貝，所以記憶是可以被轉化的，並記錄原來記憶如何被轉換，認為若阻止記憶作動態的改變，則記憶將不再存在，因為過去從來不只是過去而已，它是一直在變化的。但這些想法仍然太過自由，與佛洛伊德從臨床經驗之直覺，提出潛意識之角色功能一樣，都還需要後面很多記憶研究者的努力，才能逐漸解密的。當文學作品所提出的問題，是人類經驗的共相，這些問題又愈來愈重要時，科學總是令人充滿期待！想想看，莎士比亞四百年前所描述的不變人性，抓住好幾代人的注意力，帶來影響一生的感動，但是我們對這些多面向人性的科學性了解，四百年來還有很多力有未逮之處，神經美學與廣義的科學研究，在這方面是否能夠回應時代與人心的需求，顯然還有很長但很有意義的路要走。

Cretien Van Campen（2014）. *The Proust Effect: The senses as doorways to lost memories*. Oxford: Oxford University Press.

Suzanne Nalbantian（2003）. *Memory in literature: From Rousseau to neuroscience*. New York: Palgrave Macmillan.

Samuel Beckett（1931）. *Proust*. New York: Grove Press.

Jonah Lehrer（2007）. *Proust was a neuroscientist*. Boston: Houghton Mifflin Harcourt.

Chu, S., & Downes, J. J.（2000）. Long live Proust: the odour-cued autobiographical memory bump. *Cognition, 75*, B41-B50.

Vladimir Nabokov（1951/1989）. *Speak, memory: An autobiography revisited*. New York: Vintage International.

後記

這三本書很恰巧的，都與精神分析的概念及其分析方法有密切關聯。在我們大學及年輕時代，國際上還很流行精神分析，那時更流行存在主義與左派讀物，傳統的精神分析理念與左派思想其實並不對頭，因為精神分析主張人心中深藏於內的潛意識，才是真正能夠驅動生命進程的黑色力量，可說是人類行為得以發生的充分條件，這是一種標準的唯心論；在主張社會經濟體制才是造成人類異化之沉淪力量的唯物論者眼中，精神分析之類的唯心論主張，了不起是一種布爾喬亞式小資產階級的喃喃自語罷了。但在那個求知若渴兼容並蓄的年代，我們還沒學會如何作細微的區分，而且那是一個大家還願意追求信仰，但還沒學會動不動就要靠邊站的年代，因此這三本書並沒有因為這種內在的緊張而被壓抑或被拋棄，於是成為我們一直放在案頭上供奉，但拿起後又放下的大部頭書，如是者一直過了五十年！

（2017 / 6 / 15）

格律、破題與小品

搖滾歌劇全球看

我對有搖滾歌劇（Rock opera）美稱的音樂劇，有著深深喜好，回想自己真的曾在世界不同地方，聆賞過幾個現場演出，但就是沒在大本營紐約市看過任何其中一場，也沒在巴黎看過原汁原味的《悲慘世界》，列出如下：1. 我最早知道的搖滾歌劇是《耶穌基督超級巨星》（Jesus Christ, Super Star），主題曲 I don't know how to love him 是我最喜歡點唱的歌，但卻不是第一次就看現場的。2. 我第一次在現場觀賞搖滾歌劇是在 Boston Garden 的歌劇院，這裡是小澤征爾（Seiji Ozawa）指揮波頓交響樂團的主場，就在這裡聽到 *Evita*（Argentina, don't cry for me）的演出，碰到一位顯然是陪著浪漫太太來聽音樂劇的中年男人，滿臉無奈偷偷抱怨，他的表情與全劇的氣氛形成有趣對比，令人莞爾。3. 接著是在 St. Louis 公園看 *Cats*（Memory），那時（一九八一至一九八二）我在哈佛大學，剛好到聖路易老同學王裕的電神經生理實驗室待了一個月。4. 到香港看《歌劇魅影》（Phantom of the Opera）。5. 在倫敦看《悲慘世界》（Les Misérables），是一間老劇院，位置不太好，有時還要用望遠鏡捕捉一些場景。6. 最後是在溫哥華 Stanley Park 走動時，竟聽到美妙的 I don't know how to love him 樂聲傳來，原來是正在上演 *Jesus Christ, Super Star*，令人有不期而遇的額外驚喜。

很巧的，這些在世界各地看到聽到的音樂劇，除了 *Les Misérables* 外，都是 Andrew Lloyd Webber 的作品。不過並非到現場看演出才算數，其實能找到最具經典性演出的錄音 CD，才是最重要的一件事。

音樂會閉幕的困擾

二〇〇三年初到國家音樂廳去聽 St. Petersburg 交響樂團，演出柴可夫斯基的《悲愴》。這首大曲可說是俄羅斯的國樂之一，李遠哲院長曾與我談起，他到莫斯科開會時，有一天總是聽到《悲愴》曲整天重覆播放，原來是車諾比（Chernobyl）核電廠意外事故的周年。

教育部當年請德荷小組來，將國家音樂廳與國家歌劇院精心打造為國際級表演場所，在二〇〇三年時已度過十五周年，可以說是國內藝文界直接接觸國際級表演的最固定場所，來往應該可以說是無白丁，我若有空總會與太太一齊去走走，度過一個難得的周末，兩廳院朱宗慶主任常取笑我是加班來「上班」。這一天自也不例外，尤其是由頗負盛名的俄羅斯樂團演奏它本國的國樂，當然要趕場加班，但卻不是一個愉快的夜晚。

《悲愴》是四樂章的大曲，每個樂章中間停頓時咳嗽聲四起，到了第三樂章完了，由於形式上頗為接近一般交響樂的收尾，有些人大鼓其掌，已經汗流浹背的名指揮急得馬上啟動第四樂章，免得破壞整曲氣氛。第四樂章結束，指揮仍沉浸在樂曲所營造出來的氣氛中，尚未轉身，但已掌聲響起，幾無轉圜空間，看得出整個樂團頗為無奈。謝幕時，連續幾次安可（Encore）聲大起，原也是一種例行性的尊敬表示，但不巧的是依音樂界慣例，《悲愴》演出之後是沒有安可曲的，顯然國內愛樂人士並不太了解該一慣例，主辦單位亦未能事先說明，指揮也不會因為台灣聽眾的熱情而破壞規矩。

我其實也不真懂，查了一下，大概知道原則上不宜請樂團演奏安可曲的有下列幾種：安魂曲、《悲愴》交響曲、悲劇交響曲（馬勒）、歌劇。類似情形我是經常碰到，如有一次在台中中山堂，聽國台交與卡拉揚深為賞識的小提琴家慕特（Anne-Sophie

Mutter）的演出，由於在演奏中間拍手的情形太過嚴重，趁中場休息時請工作人員作適當的廣播提醒，但工作人員大概覺得不好意思矯正聽眾，也就不了了之。其實每個人真心喜愛聆賞音樂才是要點，這些規矩並非最重要，只不過古典音樂大體上是一種精確的藝術，若能趁聆賞音樂時學一點常識與規矩，那就更好了。

駐校作家與駐校音樂家

我在擔任中國醫藥大學校長期間，幾年前（二〇一二）找過去的學生幫忙，請平路當駐校作家，另外也請她的學弟呂紹嘉與NSO（國家交響樂團）當駐校音樂家。我想在那一整年期間，不只是中國醫藥大學有史以來文學與音樂氛圍最為瀰漫的一年，應該也是文學家及音樂家來來往往水準最高的一年，更是整個台中市的福氣。

平路是我第一年當黑牌老師（那時剛上研究所二年級，一位客座副教授匆忙離開回美國，所以可以說是以學長身分臨時被抓差當老師的），教大一統計學的學生，也是以前教我們心理測驗的路君約老師的女兒，名字叫路平。班上同學都極為優秀，她則是一位安靜清秀、獨立又專注上課的學生。那時根本不知道她其實在性格與生活經歷中，已經有波濤洶湧的狀態出現。出國後選統計作為念學位的專業，也做過統計分析師吧。我相信路平一定也多少有認同她父親的味道，因為在當為一位出名作家之前，她選了統計分析作為她第一個專業。後來再聽到她消息，已是出版《玉米田之死》與《五印封緘》小說選輯的知名年輕小說家了。而且她把上一代祝福意義濃厚的道路平順（路平）之意，改成這一代要把路弄平（平路）的志向，她是把多年前已經是波濤洶湧的內心，攤開在外了，她開始清楚表現出，要走自己的路。

她回台灣後，有一長串的文學活動歷史，又兼有文化評論家及關注台灣史的新島嶼小說家的名聲。二〇一二年請平路當駐校作家時，她在中國醫藥大學蔡順美教授協助下，主催台灣第一次「醫學與文學營」的三天研習及創作活動，極受好評。成就愈來愈大的她，雖然心中已自有溪壑，是獨樹一格的大家，但在時間的歷史長軸上，還是那個話不多，外表與內裡有極大張力，但一直積極作出貢獻的人。

呂紹嘉是我過去在台大心理系的導生，以前傅雷要求傅聰「先學做人，再學做藝術家，之後當鋼琴家」，呂紹嘉先是鋼琴，進台大好好念完書，但意志清楚而堅定，要當專業音樂家，後學指揮，現在是華人世界中享譽國際數一數二的指揮家。他因在世界音樂界的專業聲名，以及對國內音樂水準提升與普及的貢獻，幾年前獲頒台大傑出校友。

紹嘉為人溫文，但其為人本質善於照顧提攜後進，不肯違背原則。有一次我看到小澤征爾（Seiji Ozawa）來台指揮並指導北藝大學生一齊演出，有同行責怪學生拉錯了，但紹嘉堅定的指出是老師弄錯了。反過來說，他也很有包容性，有一次我跟他建議是不是能夠安排公演《魔笛》大劇，他問其故，我說《魔笛》有二流的劇本、一流的歌劇、超級的音樂。我本不應在他面前講這種文學家的看法，但他只回說，對啊，真是好的音樂。

紹嘉在二〇一〇年才到NSO，我記得服務教育部期間，曾到柏林公出，駐德代表胡為真在週末假期教堂做禮拜或望彌撒時，到教堂去打招呼遞名片忙了大半天私人化的公務後，晚上找了洪博大學與自由大學校長到寓所晚餐聊天，隔日還問我要不要找呂紹嘉聊聊，那時他在漢諾威歌劇院擔任音樂總監，應該是非常忙碌，就沒去安排了，一直到再見，已是他二〇一〇年回來之後。

朱宗慶校長費了很大力氣，讓兩廳院成為政府部門第一個也是到現在還唯一的行政法人，沒有朱校長，這件事是辦不成的。在NSO改制期間，簡文彬指揮備極辛勞，不只穩住還加強提升NSO水準，那時我在教育部，還請想了解樂團未來的團員晚上到教育部座談，後來終於順利轉型，現在更在呂紹嘉調撥之下，在音樂性與國際性的專業名聲上，更上層樓。一個國家總要有個最具代表性的高水準交響樂團，將NSO放在國際性的脈絡中，很多音樂專業者都認為當之無愧。

有一次安排他與焦元溥對談，學生把整個大國際會議廳坐得滿滿的，我還特別要我兒子到學校來參加，事後介紹他們見面，沒想我兒少雍說「我作的是那種比較吵的音樂！」紹嘉與NSO就在這種過程中普及音樂，互相碰撞出燦爛的多元火花，他們都扮演了不可忽視的時代性角色。

抑揚五步格的詩歌與音樂

Iambic pentameter（抑揚五步格或輕重五步格）是英詩中最流行如說話般的格律，如平仄與五言七言，再加上韻腳與行數，就有各種變體，如十四行，就像五言律詩之類。不計較韻腳的，就成為無韻詩（blank verse），也可當敍事之用。底下試譯一首抑揚五步格，華茲華斯所寫的十四行詩。

在一八一二這一年內，華茲華斯的三歲女兒Catherine與兒子Thomas相繼過世，據信這一首十四行就是懷念她三歲女兒所寫。詩中不只述說失去天使般女兒的心傷，更對這一段刻骨銘心的過往經驗，自己竟然發生致命的遺忘，心中實有無盡悔恨。心急如風，但遺忘也如風一般，前四行中有很多s的音，如surprised, as, share, transport, silent spot, vicissitude，聽起來就像墓地上的嘶嘶風聲，也像是在表達因為遺忘而生懺悔的心情。這首詩在現在、過去，與未來的三個時間軸之間穿梭，在一片靜默的墓地上心情起伏，強烈的情感流動在交錯的時空之中，令人動容。這不是一首按照嚴格抑揚五步格而寫的十四行，每一行以十音節（五步）為主，但亦有九與十一音節者。也不是每一行都是抑揚或輕重之順序，也有反過來的，稱為揚抑格（trochaic，相對於iambic），如第十二與第十四行。可見格律雖有規範，詩人隨時可依需要作彈性處理。（上述部分觀點，取自網路上一位西班牙 Valencia 大學的學生 Cristina Reche Carpio，所做的極為優秀之分析。）

所謂抑揚五步格是指一詩行中，有五個音步，每一音步包含有一輕音與一重音之音節，故每一音步有兩個音節。以本詩第二行為例，橫線表示輕音音節，直線為重音音節，可標定如下，本詩除少數例外，大體皆以此標準模式寫就：

-	I	-	I	-	I-		I	-	I
I	turned	to	share	the	transport	--	Oh!	With	whom

現將原詩與譯詩分列於後，以明其大要。

〈Surprised by Joy〉　　By William Wordsworth（1815）

Surprised by joy -- impatient as the wind
I turned to share the transport -- Oh! With whom
But thee, long buried in the silent tomb,
That spot which no vicissitude can find?
Love, faithful love, recalled thee to my mind--
But how could I forget thee? -- Through what power,
Even for the least division of an hour,
Have I been so beguiled as to be blind
To my most grievous loss? -- That thought's return
Was the worse pang that sorrow ever bore,
Save one, one only, when I stood forlorn,
Knowing my heart's best treasure was no more;
That neither present time nor years unborn

Could to my sight that heavenly face restore.

〈突然的歡樂令人驚訝〉

突然的歡樂令人驚訝——心急如風
轉頭找人分享這一段——啊！要說與誰聽
除了妳還有誰，長眠在墓地一片寂靜，
在那裡竟然看不到任何變化發生？
由於愛，真實的愛，將妳喚回我心中——
但我怎可能忘了妳？——究竟透過什麼力量，
縱使切割出最短的時間一分一秒來丈量
誰能讓我那麼容易受騙以致像瞎眼空空
看不出一生最嚴重的損失？——殘念復返
這種煎熬比過去的悲哀更令人心傷，
留下一點記憶，一點就好，當我站立悵然，
知道我心中最珍貴的寶貝已不知去向；

既非現在也別說那尚未來到的歲歲年年
讓我得以看到那重新到來天使般的臉龐。

Elton John 與抑揚五步格

Elton John 歌曲採用抑揚五步格，就英詩格律傳統而言，似也是極自然之事，尤其是在抒情與哀傷歌曲上。底下試舉兩首為例：〈我需要妳的歸來〉（I need you to turn to）與〈送給妳的歌〉（Your song）。這兩首歌皆由 Bernie Taupin 填詞。學生時代初識這兩首歌曲，並發現其抑揚五步格的結構，過了四十來年重聽，仍歷歷在目聲聲入耳。但有更多我喜歡的抒情哀歌，依其需要未採抑揚五步格，而另尋表現方式與格律的，如 Elton John 紀念瑪麗蓮夢露與黛安娜王妃的〈風中之燭〉（Candle in the wind），披頭四的〈一條長而彎曲的路〉（The long and winding road）與〈坐在山丘上的傻瓜〉（Fool on the hill），Neil Young 的〈金色之心〉（Heart of gold），以及 Simon & Garfunkel 的〈寂靜之音〉（Sound of silence）等。底下選譯上述所提這兩首中的片段如下，全文詞曲可上 YouTube 點聽。

〈I Need You to Turn to〉　詞：Bernie Taupin　曲：Elton John（1970）

You're not a ship to carry my life
You are nailed to my love in many lonely nights
I've strayed from the cottages and found myself here
For I need your love your love protects my fears

And I wonder sometimes and I know I'm unkind
But I need you to turn to when I act so blind
And I need you to turn to when I lose control
You're my guardian angel who keeps out the cold

Did you paint your smile on, well I said I knew
That my reason for living was for loving you

We're related in feeling but you're high above
You're pure and you're gentle with the grace of a dove

〈我需要妳的歸來〉

妳不是一艘船能來載我航向一生
妳進駐我的愛在很多孤寂的夜晚
我在小屋中迷路發現自己在這裡
我需要妳的愛讓我得以無所畏懼

我有時疑惑在心我知道自己不好
但我需要妳的歸來當我盲目難行
我更需要妳的歸來當我失去控制
妳是我的守護天使助我脫離寒冷
妳將微笑漆在臉上嗎我說我知道

我活著的理由恰就是為了愛上妳
我們情感相連但妳卻是高高在上
妳的純潔妳的優雅有著鴿子般的風采

〈Your Song〉　詞：Bernie Taupin　曲：Elton John（1970）

It's a little bit funny this feeling inside
I'm not one of those who can easily hide
I don't have much money but boy if I did
I'd buy a big house where we both could live

If I was a sculptor, but then again, no
Or a man who makes potions in a travelling show
I know it's not much but it's the best I can do
My gift is my song and this one's for you

And you can tell everybody this is your song
It may be quite simple but now that it's done
I hope you don't mind
I hope you don't mind that I put down in words
How wonderful life is while you're in the world

I sat on the roof and kicked off the moss
Well a few of the verses well they've got me quite cross
But the sun's been quite kind while I wrote this song
It's for people like you that keep it turned on
So excuse me forgetting but these things I do
You see I've forgotten if they're green or they're blue
Anyway the thing is what I really mean
Yours are the sweetest eyes I've ever seen

〈寫給妳的歌〉

有點好笑這種感覺就在內心裡
我不是那種可以輕易隱藏的人
沒有很多錢但好樣的若我真有
我要買間大房子我們住在一起

假若我是一位雕塑家但又不是
或者是能在旅行秀中變出花樣
我知道那並不多但已是最好的
我的禮物就是送給妳的我的歌

妳可以告訴每個人這是妳的歌
它可能很簡單但已經寫好
我希望妳不要在意
我希望妳不要在意我填上歌詞

人生多美妙當妳就身處世界中

我坐在屋頂上將青苔踢開
啊一些詩行讓我心裡煩躁不安
但陽光相當和善當我寫這首歌
寫給像妳這種能讓它啟動的人
所以原諒我的遺忘除了這些事
妳看我已經忘掉它們是綠是藍
不管怎樣這就是我真正想說的
妳的眼睛是我曾見過最甜美的

文學藝術與警告性的破題

圍棋有所謂的布局，武術講究起手式，人與人之間有影響深遠的第一印象，這些無非都在說明，如何下手是很重要的一件事。藝文作品也是如此，不過創作比較多元，並沒有非要在開頭就語出驚人不行，慢工出細活或峰迴路轉的作法更多，就如圍棋，決定勝負的還有中盤與收官，每個地方都大意不得。底下只舉藝文作品的破題以明之。文學表現最容易找到破題的好例子，如下所提。音樂為系列性呈現，就如文學作品，也可找到不少出名的破題，最出名的，大概就是貝多芬《命運交響曲》開始時厚重的敲門聲。

繪畫則難找破題處，因為繪畫係同時性一次呈現，少了這個明顯的破題元素（系列性呈現），但可循特定角落引導往後觀賞的角度，由觀看者自己尋找畫中的破題之處，如畢卡索藍色時期畫作《燙衣女》（Woman Ironing）的疲憊雙手，米蓋朗基羅《聖殤》（Pieta）悲慟下的雙手，《最後的晚餐》耶穌與十二門徒之中的猶大，達文西《蒙娜麗莎》微笑的嘴唇，以及克林姆（Gustav Klimt）《亞黛夫人》充滿誘惑的嘴唇與裙襬，都可當為將繪畫作系列性分解後，所找出可當為破題下手之處。只不過這種作法都是引申得來，觀看者不一定買單依此掃描，尚需再做心理上之主觀加工，與文學及音樂本就具有序列性，因此可直接毫無疑義的圈出破題之處，兩者顯有不同，而且在破題與整部作品之間的關聯性與份量比的比較上，更有不同，值得進一步分析。

再以《亞黛夫人》為例，說明何以在經過解釋之後，裙襬與嘴唇也可成為破題起手式，並依此發展出畫作的序列觀看路徑。二〇〇六年一位奧地利表現主義藝術收藏家，同時也是紐約市一間表現主義美術館新藝廊（Neue Galerie）的共同創辦人羅德（Ronald Lauder），以驚人天價一億三千五百萬美元，買進單一畫作，那是克林姆魅力無限、油畫上貼覆金箔的《亞黛夫人畫像》（Adele Bloch-Bauer I, 1907），亞黛夫人是維也納一九〇〇風華無限年代的社交名媛，也是出名的藝術贊助者。克林姆閱讀達爾文的著作，與在維也納大學醫學院接觸了人體解剖學之後，對細胞結構深為著迷，這是所有生物的構成基架。所以亞黛夫人身上服裝的拼圖，不是單純的像新藝術時期的裝飾而已，反之，它們是男性與女性生殖細胞的象徵：長方形的精子與橢圓形的卵子。這些由生物引發的生育符號，是設計用來配對畫中人那張具有挑逗性的臉孔與嘴唇，以及她百花盛開的成熟生殖能力。當然，名畫不一定就能預測未來，亞黛夫人後來並未生育子女。

古典修辭下重手

Aeschylus 西元前五世紀寫的劇本 *Agamemnon*（阿格曼儂；聯經出版，胡耀恆、胡宗文譯注），在開場時守望人的講話第一行是：「我請求神祇解除我的勞苦」。進場詩則接續荷馬 *Iliad* 的傳統，前兩行一開始就交代了一千艘戰艦下水攻向特洛伊城的開場，分別預示人生與歷史苦難的開始。

上：畢卡索《燙衣女》（Woman Ironing, 1904）其疲憊雙手為畫中的破題之處。
下：克林姆《亞黛夫人畫像》（Adele Bloch-Bauer I, 1907）其裙襬與嘴唇充滿誘惑。

馬羅（Christopher Marlowe）接著在一五九二／一六〇四（劇本第一次演出／紙本出版年）於《浮士德博士生死悲劇史》一書中，寫了〈The face that launched a thousand ships〉這首名詩的前兩行：「這就是那張讓千艘戰艦出海，而且燒掉特洛伊城高塔的臉嗎？」（Was this the face that launched a thousand ships, And burnt the topless towers of Ilium?）

莎士比亞則是劇力萬鈞，對人生與命運的無理痛下殺手。大家耳熟能詳的《哈姆雷》（Hamlet，一五九九／一六〇二年，第三幕）：「活下去或不活下去，那才是問題。」（To be or not to be, that is the question.）這句話雖非放在開幕破題之處，但不管它是放在劇本中的哪一幕哪一景，都已經是我們對哈姆雷常在生死猶豫間做不出快速決定的第一印象，也是很多人多次閱讀《哈姆雷》之後，引申出來的入口意象。在《馬克白》（Macbeth，一六〇六年，第五幕第五景）的獨白中，對人生其實缺乏意義的「聲音與憤怒」（Sound and fury），表現得更為直白，也是《馬克白》常見的入口意象，更是對人生打出了虛無第一槍！它是這樣講的：

——熄了吧，熄了吧，短暫的燭火！

生命只不過是走動的陰影，一位可憐的演員
在台上他的場次中四處走動受盡折磨
然後不復聽聞。那是一則故事
從一位白癡口中說出，充滿了聲音與憤怒，
但卻是空無一物。

-- Out, out, brief candle!
Life's but a walking shadow, a poor player
That struts and frets his hour upon the stage
And then is heard no more. It is a tale
Told by an idiot, full of sound and fury,
Signifying nothing.

信仰疑惑與對抗

但丁在《神曲》〈地獄篇〉（Inferno）劈頭就說：「走到人生中途，我發現自己來到一座幽暗的森林，迷失了康莊大道。」這樣一個開場，預示了講不完的人生史詩故事，即將先由古羅馬詩人維吉爾的靈魂來帶領他，從地底下走到人間天上一一展開。艾略特（T. S. Eliot）這樣說：「但丁與莎士比亞平分了現代的世界，再沒有第三者存在。」看起來，這種講法尚無過當之處。

尼采是一位不相信上帝的人，在《查拉圖斯特拉如是說》（Also Sprach Zarathustra, 1883；大家出版，錢春綺譯，二〇一四）的開場：「查拉圖斯特拉三十歲時，離開他的家鄉和他家鄉的湖，到山裡去。他在那裡安享他的智慧和孤獨，十年不倦。可是最後，他的心情變了——某日清晨，他跟曙光一同起身，走到太陽面前，對它如是說道『你偉大的天體啊！你如果沒有你所照耀人們，你有何幸福可言哩！——』——於是查拉圖斯特拉開始下降。」依原譯者之見，此處之「下降」（untergehen）應係指下山，但亦影射查拉圖斯特拉的舊生活告一段落，新旅程充滿未知的轉變，包括沒落在內。理查·史特勞斯依尼采的小說，在一八九六年譜了一首出名的交響詩，命名與尼采的著作完全相同，一開始就是書中的第一主題「日出」（Sunrise），有日出這一段才有下山這個結果。這首交響詩的起手式，已成為音樂史上著名的破題之作，這一段出名的音樂，因為被採用在 Stanley Kubrick 導演一九六八年影片 *2001: A Space Odyssey*（二〇〇一太空漫遊）一開始之中，因此而廣為世人所知。

班揚（John Bunyan）寫宗教改革信仰者，為了堅持走自己的信仰路，不怕被關被霸凌的《天路歷程》（The Pilgrim's Progress，西海譯）：「我在曠野裡行走，來到一個地方，那裡有個洞穴，我就在那兒躺下睡覺。」

歌德小說《浮士德》（Faust，周學普譯）寫的則是信仰不堅者的人生困境。獻詩第一行：「你們這些飄浮的幻影」；以及本書悲劇第一部開頭：「我到如今，唉，已經把哲學、法學、醫學，可嘆地連神學等學問，都熱心地精深鑽研！但是我還是這樣一個可憐的愚人。」這幾段都預示了人生如幻，陷入混亂又開始沒自信的老學究，即將用很悲壯又愚蠢的方式，展開墮落的旅程。

人生的苦悶與出路

現代主義的哲學小說家 Franz Kafka 則是面對二十世紀令人窒息、強壓下來的體制，以及戰鼓聲頻催之下（一九一四至一九一八第一次世界大戰）的反動，他在《變形記》

（Die Verwandlung, 1915；麥田出版，姬健梅譯，二〇一〇）第一行說：「一天早晨，葛雷戈桑姆薩從不安的睡夢中醒來，發現自己在床上變成了一隻大得嚇人的害蟲。硬如鐵甲的背貼著床。」

梅爾維爾（Herman Melville）在一八五一年出版的《白鯨記》（Moby-Dick or, The Whale），是一本以實梅爾（Ishmael）劫後餘生的自述，也是文學史上最動人的海洋史詩之一，娓娓敘述了船長與莫比迪克大白鯨的恩怨情仇及對抗。本書第一句「Call me Ishmael」（叫我 Ishmael），已經成為文學史上最出名的開場白之一：

> 就叫我以實梅爾吧。幾年前，不必在意究竟真的是多久，我身上幾乎沒半毛錢，岸上也沒什麼特別能引起興趣的，我想就出航去吧，去看看水世界。
>
> Call me Ishmael. Some years ago-- never mind how long precisely-- having little or no money in my purse, and nothing particular to interest me on shore, I thought I would sail about a little and see the watery part of the world.

海明威的《太陽照樣又升起》（The sun also rises, 1926）正文開始之前的第一頁第一行的題詞：「You are all a lost generation.」——Gertrude Stein in conversation（與

史坦茵的談話），不只提出一句即將在世界風行的新詞「你們都是失落的一代」，也真的預示了第一次世界大戰戰後失落世代的出現及其心聲。這種破題，也是夠神奇了！

不能不談到《麥田捕手》（The Catcher in the Rye; J. D. Salinger, 1951），這是一部讓全世界二戰後年輕世代為之瘋狂的小說，在二〇一〇年 J. D. Salinger 過世時，又掀起一陣熱潮，因為當年的年輕人很多還活著，譬如我就是。J. D. 是一位二戰後殘留有 PTSD（創傷後壓力異常）症候群的退伍軍人，他說他的童年差不多跟書裡的男孩一樣。底下是書中的開頭：「如果你真的要聽，首先你想知道的，可能是我在什麼地方出生、我的狗屁童年如何度過、我爸媽生我之前都忙些什麼，以及諸如此類《塊肉餘生錄》式的廢話，可是呢，老實告訴你，我無意詳述這一切。」（麥田出版，二〇〇七年譯本。）《塊肉餘生錄》（David Copperfield; Charles Dickens, 1850）中的「塊肉」，係指遺腹子、孤兒之意。很少書是用負面表列開場的，這種開場的語氣符合二戰後的虛無氣氛，也強烈點出將有好聽的故事在後面，描述了主角青少年 Holden Caulfield 在社會中的疏離感，與一連串的叛逆行為。

在大時代變化中出場的警告

狄更生的《雙城記》（A Tale of Two Cities, 1859；立春文化出版，文怡虹譯，二〇一一）一開頭：「那是最好的時代，也是最糟的時代；是智慧的年代，也是愚昧的年代——」書中對革命的風暴與殘忍，具有偉大小說中應具有對人類命運的洞見，以及對人性中的愛與寬容多所期待，這種觀點其實對任何動亂的社會與時代，深具啟發性，只不過被用多了，變成了口頭禪，相當可惜。

馬克思與恩格斯的《共產主義宣言》（The Communist Manifesto, 1848；麥田出版譯本，二〇一四）第一句：「一個幽靈——共產主義的幽靈——在歐洲遊蕩。古老歐洲的所有勢力已結成神聖的同盟，包括教宗與沙皇、梅特涅和基佐、法國的激進黨人和德國的密探，好驅除這個幽靈。」假如有人想在關鍵或動亂的年代，營造風雨欲來的感覺，而且藉此煽動出威力強大的情緒力量，則這段文字絕對是最好的學習對象。源自法國巴黎公社的《國際歌》開頭，也是氣勢萬鈞：「起來，飢寒交迫的奴隸；起來，全世界受苦的人！」大約三十五年前我在哈佛大學專門作大學部教育的哈佛學院，看了一部剛出爐由華倫比提編導演出的 *Reds*（一九八一；中文譯名是「赤燄烽火萬里情」），演到中途剛好有一段《國際歌》，頓時之間，整個影片會場幾乎有上半的人唱起《國際歌》，氣氛熱烈，令人印象深刻，真是人不左派枉少年！另外，台灣在白色恐怖時期，難友為亡者送行時，都合唱源自國共內戰時寫就的悼亡《安息歌》（原名「安息吧，死難的同學」，成幼殊作詞，錢大衛配樂；一九四六年一月十三日在上海首次演唱）：「安息吧，死難的同志，別再為祖國擔憂；你流的血照亮著路，我們繼續向前走。」原來的歌詞是「安息吧，死難的同學」，在這裡改成「同志」一詞。二〇一五年八月因為台灣高中歷史課綱事件，送行自殺身亡的林冠華時，也唱了這首《安息歌》，歌詞則改為「安息吧，死難的同學，別再為我們擔憂；你流的血照亮著路，指引我們向前走。」

Hippocrates 語錄中曾講過（但並未在醫師誓詞中出現）：「醫生對疾病之處置要做好兩件事：『幫助改善或者不要造成傷害。』（To do good or to do no harm.）」與這句話有異曲同工之妙，而且照顧面更大氣勢更為驚人的，是美國憲法修正案第一條（一七九一）：「國會不得制訂關於下列事項之法律：宗教之設立、禁止建教之後的信仰自由、剝奪言論及出版自由、人民和平集會結社以及為要求冤屈救濟向政府請願之權利。」（Congress shall make no law respecting an establishment of religion, or prohibiting the free exercise thereof; or abridging the freedom of speech, or of the press; or the right of the people peaceably to assemble, and to petition the government for a redress of grievances.）（參考自司法院譯文彙編）。Do no harm 與 make no law 兩句話，可說是

千古相輝映，一直是保護病人醫療福祉與維護人民基本權利的至理名言，也具有很重要的警惕作用，對想獻身醫療或公共事務領域的人而言，這兩句話應該是最起碼的入門密碼。

唐詩起手式

唐朝是一個大起大落，充滿傳奇故事，華夷雜處，意氣風發的朝代。在這種波濤洶湧的朝代下，一定有不平凡的破題方式，顯現在主流詩歌之中。唐詩精彩作品太多，更多好詩不在我目前關心的起手式之上，很多好詩是要一層一層發展出來的，在哪裡會令人擊節稱賞是作不得準的，也不是一開頭令人驚豔，就一定會寫出留世名作。因此這裡就只舉三例說明，以免貽笑大方。

李白的〈將進酒〉

「君不見、黃河之水天上來，奔流到海不復回？」

第一行氣勢驚人，再配合最後的「呼兒將出換美酒，與爾同消萬古愁」，走了一圈，搞半天原來是為喝酒營造一點氣勢。對不起啦，李白。

杜甫的〈春望〉

「國破山河在，城春草木深。」

很多歷盡戰爭劫難的人，看到這兩行字，很難沒有天末起風又要流亡的感覺。

李商隱〈錦瑟〉

「錦瑟無端五十絃，一絃一柱思華年。」

我在五十歲之後讀到這裡，心中都會一陣恍惚，這應該是上了年紀之人的共性。有人說看到這幾句心中會抽痛，最後真的是「此情可待成追憶，只是當時已惘然」，我想這些人一定是情感豐富，曾經淪落風塵的《紅樓夢》衷心信徒。

英詩的開場

英詩是西方文化的主流，就像《詩經》與漢唐詩是古中國文化生活中，必備的元素一樣。在本書已多所引用譯注，底下只再引數例明之。

Edmund Spenser（1552-1599）有一首「小情詩十四行七五」（Amoretti: Sonnet 75.；洪範出版，楊牧編譯，二〇〇七）：

那一天我在沙灘上寫她的名字

One day I wrote her name upon the strand

Matthew Arnold（1822-1888）在其名詩〈多佛海岸〉（Dover Beach），這樣寫他的第一行：

今夜海上如此寧靜

The sea is calm tonight

從現代的眼光與寫詩技法，相信很多人會說太過時又太濫情了吧。但在那個時代之下，像「秦時明月漢時關」的感觸誘發一樣，是會引出很多有意義的歷史想像。起了一個好開頭之後，如何接著走出大局面，就要由詩人的才華與功力來決定了。

拜倫的〈她行走在美雅之中〉（She walks in beauty），則是抑揚四步格的無韻詩體（blank verse）：

> 她行走於美雅之中，就像
> 萬里無雲星光閃耀的夜晚
> She walks in beauty, like the night
> of cloudless climes and starry skies

John Donne（1572-1631）的第十首聖十四行〈死亡〉。我在本書「黑暗的眼神在窺探」一文中曾予引用，他詩一開始劈頭就說：「死亡，你不必如此驕傲。」（引自John Donne, *Holy Sonnet X*: Death, be not proud.）而且最後還對死亡喊話：因為短暫的睡眠過去之後，我們將會恆久的清醒，所以「死亡，你去死吧。」（Death, thou shalt die.）這種看待死亡的方式真是獨樹一格，在盛行基督宗教的土地上，作這種挑戰式的聲明，一般是有特殊事件在背後支撐，就像在遭遇生命重大災難之後說上帝不存在，或聲稱神不公正一樣。

英詩的大出場，還是得看密爾頓的《失樂園》（John Milton: *Paradise Lost*, 1667），與艾略特的《荒原》（T. S. Eliot: *The Waste Land*, 1922）。

《失樂園》Book 1 一開始：

> 說起人類的首度不服從以及那顆蘋果
> 有關那株禁忌之樹——
> Of man's first disobedience and the fruit
> Of that forbidden tree, ——

一看這個起手式，風雨欲來，就知道接下來一定是要論述人類的大命運了。

《荒原》長詩，第一章「死者的埋葬」（The Burial of the Dead）第一行（杜若洲譯文，一九八五）：

四月是最殘酷的月份

April is the cruellest month

《荒原》長詩反映的是第一次世界大戰之後，萬物不長人生凋敝的絕望困境，四月原是大地回春即將百花齊放的季節，但放眼過去哪有這種跡象，所見無非死地，看不到新生的根苗，連死者都不願從荒原之中復生。

文學意象及其鋪陳

Umberto Eco（2002）在他那本演說集《我如何寫作》中，曾提到他自己如何去找到可以鋪陳出整本小說的一個意象；還有，假如有兩個不同的意象，又如何去揉合出精彩的故事來，他說：

1. 「腦中浮現一位僧侶在圖書館裡被謀殺的景象」，催生了《玫瑰的名字》。
2. 「兩個影像：鐘擺與自己在一場葬禮中吹小喇叭」，花了八年時間研究如何從鐘擺過渡到小喇叭上面，催生了《傅科擺》。

在詩歌上，意象經營那是無時無刻都在做的事情。我們以前在研讀 *Sound and Sense*（Laurence Perrine, 1956）這本英詩入門書時，所分析的第一首詩就是丁尼生的〈鷹〉（The Eagle），全詩沒一處出現「鷹」的字眼，但每一個詩行沒一處看不到鷹的精神貫穿其中。這是典型的意象經營方式，他是直接經營的，不搞花稍，也不必連來連去，直指本心，講完了，就幾乎掉出一隻真的鷹出來。這種作法與Umberto Eco的大有不同。現在來看看丁尼生是如何鋪陳意象的。

〈The Eagle〉　　Alfred, Lord Tennyson（1809-1892）

He claps the crag with crooked hands;
Close to the sun in lonely lands,
Ringed with the azure world, he stands.

The wrinkled sea beneath him crawls;

He watches from his mountain walls,
And like a thunderbolt he falls.

他那勾曲的勾爪勾住峭壁；
孤獨的曠野裡緊靠著太陽，
藍天的懷抱裡，他兀立。
皺褶的大海在他下面蠕動；
從山巒的巔峰朝四周凝望，
迅如電閃雷鳴，他俯衝。

（朱乃長譯）

我以前在台大念書的時候，有一陣子迷上存在主義的作品，其中一本是卡謬的《異鄉人》，書中的主角莫魯梭，持槍在海邊隨機殺人。對我而言，這是一個很鮮明的意象，我像 Umberto Eco 一樣，一直在等待這個意象如何轉化，也很好奇最後會與什麼東西連到一起。一九六七，大概是我大二大三的時候吧，終於將莫魯梭入詩如下：

〈當黃昏緩緩落下〉（一九六七）

突然之間
山不是山　雲不是雲
此地下著異域的雨
碎了滿窪的妳。

戴歪紅帽的那人拖著獵槍
對準了鷹鉤鼻
轟出了莫魯梭的一響。
赫然，他告訴我：
嗨，兄弟
你可認識那位名叫卡謬的異鄉人。

第五個黃昏了，
仍然研究不出一株蘭底微笑。

且也找不出天堂
從圓圓長長的鵝卵石裡
（教授笑著說，你的礦物學搞得很好。）
於是他捲起了包袱
下山去了。
（一直想喝瓶高粱酒
當黃昏灑來一陣雨。）

領袖人物入口意象之經營：曹操與毛澤東

要理解政治領導人物，經常找不到入口處，正規的方式當然是從史籍與史事著手，但若有機會看到本人心事之直接表白而且形諸文字，那就更好了。毛澤東與曹操剛好是很難得，可以放在一起討論的案例。

〈沁園春・長沙〉　毛澤東（一九二五）

「——鷹擊長空，魚翔淺底，萬類霜天競自由。悵寥廓，問蒼茫大地，誰主沉浮？——」

〈沁園春・雪〉　毛澤東（一九三六）

「——江山如此多嬌，引無數英雄競折腰。昔秦皇漢武，略疏文采；唐宗宋祖，稍遜風騷。一代天驕，成吉思汗，只識彎弓射大雕。俱往矣，數風流人物，還看今朝。」

毛澤東從「問蒼茫大地，誰主沉浮？」到「數風流人物，還看今朝」，只不過十來年，忠實的記錄了外在大環境的變化與其心情之改變，想當一代領導人的急切心情逐漸從抽象過渡到具象，強大的信心一直往上發展，以迄睥睨天下。同樣的，我們可以來看看曹操的心情，與詩中所反映的大時代變化。

〈短歌行〉　曹操（二〇八）

「對酒當歌，人生幾何；譬如朝露，去日苦多。慨當以慷，憂思難忘；何以解憂？惟有杜康。青青子衿，悠悠我心；但為君故，沉吟至今。——」

老毛在〈沁園春・長沙〉與〈沁園春・雪〉中氣勢驚人，祇因尚未就大位，存有很多想像空間。曹孟德〈短歌行〉情意深長求天下人才歸心，以其已居大位矣。另一因，老毛想獨當一面，曹雖同為亂世中的領袖人物，但仍想依附在歷史正統之中（參見本人二〇一五年〈漢唐雜憶2〉一詩）。因此毛是飛揚跋扈，當大家都在找機會想要取得天下時，何必遮遮掩掩，所以連自己都不覺得有加以修飾的必要；曹則大有不同，他雖是一代梟雄但還不想落籍為寇爭天下，他想要的天下仍在正統之中，還沒死透，還可以依附。這些句子，已成為他們兩人最常被使用的入口意象之一，而且這些苦心經營的入口意象，也可當為了解背後大時代變化與個人走向的心情告白。

（2015／12）

湖邊談藝

二〇一五年六月二十八至二十九日，安排 Joel Pokorny 與 Vivian Smith 夫婦到日月潭哲園住宿遊湖，並到暨南國際大學與埔里桃米社區走走。他們已從芝加哥大學退休，是我以前碩士生孫慶文的博士指導教授，色彩科學研究領域的學術領導人。Joe 是 ICVS（國際色彩視覺學會）二〇〇三至二〇〇九的主席，過幾天要轉到仙台開年會，我跟他說日本是個很特殊的國家，對聲光特別著迷，他問何故，我說以前名古屋大學的 Hirofumi Saito（齋藤洋典）告訴我，日本心理學界在視覺研究與臨床心理學上特別興旺，工業界則有彩色電視、音響、相機，與底片等享譽世界的產品。我後來琢磨其理由，發現日本學界喜歡神祕境界與聲光刺激，可能與日本的歷史有關。

湯川秀樹是日本第一位拿諾貝爾獎的物理學家，主題是原子核內短距的強作用力，神祕得不得了，他寫過一本自傳體的《旅人》，裡面提及幾個主題：如「理論物理學正處於暗中摸索的狀態，到處是矛盾，混沌一片——現在，神祕的朦朧感，正飛繞在這一切問題之上。」「我總是為思索事物而出門閒逛，但多半在半途，就心馳神往於周遭的事物，什麼都忘了，心情愉快而無所牽掛地，走上歸途——」「——之後，我就發表了新理論，寫成了英文論文。這時我的心情猶如上坡的旅人，在峰頂的茶棚卸下重擔、小憩一番，心裡卻不停地思索著：前面是否還有高山橫亙？」

在聲光感官經驗上（尤其是視覺與色彩部分），幕府小說有很多場景都在描寫，當一位將軍戰敗自殺，在冬天仍在飄雪時切腹，紅色的血灑在白茫茫的雪地上，將軍深深注視遠方，向人生告別，然後嘆一口氣緩緩倒下。三島由紀夫寫《金閣寺》，讓一位年輕僧人一把火燒掉金閣寺，在熊熊火光中獲得美感與毀滅的無上滿足。至於川端康成雖然寫起來比較文雅一點，本質上也是瀰漫這種美感，過著野鶴式與淒美的人生。這兩位大文人分別以不同的自殺方式結束一生，對我而言也是不可解的神祕。

到日本有山水景觀之處，就有人說那是年輕情侶最喜歡跳下來的地方。在一九九五年神戶大地震之後，神戶的自殺率卻下降，非常不合理，國際研究者深以為異，事後發現可能是大震之後，高樓傾倒的多，以前有相當一部分自殺者，喜歡在晚間城市一片燈海時，往下一跳向世界說再見，現在大樓普遍倒塌，找不到方便縱身一躍的場所，就將就將就不跳了。這種日本歷史上喜好神祕、追求感官經驗、懷有特殊心情的傳統，說不定可以解釋為什麼日本心理學界（包括在美國的日本教授，如哈佛的 Ken Nakayama 與加州理工學院的 Shinsuke Shimojo），不由自主的在視覺研究與心理病理的研究上，有廣泛的偏好，而且在學術與應用上得到相當的成就，該一現象值得進一步理解。我跟 Joel 說，應該有人寫一篇「日本視覺研究與日本歷史之關聯性分析」，Joel 說除了雪地自殺那一段有點可怕外，其它的他都同意。

我們提到老朋友 Lothar Spillmann，有一次代邀 UC Davis 的 John S. Werner，在二○一二年二月十三日來中國醫藥大學講「色彩視覺與老化：從印象派大師莫內談起」（Color Vision and Aging through the Eyes of Claude Monet），其實是要講很多色彩知覺層面的穩定性，會隨老化過程而進行調整，並維持對環境的穩定知覺。他藉機會談談莫內老來的白內障，是否影響了他所看到外在世界的黑白與色彩。從跨科際領域來看繪畫看藝術，現在是熱門課題，一些厲害人物紛紛跳入，如 Semir Zeki, V. S. Ramachandran, Margaret Livingstone, Christopher Tyler 等人。還有業餘藝術家出身的幾何與認知科學家 Michael Leyton，對畢卡索一些作品所做的幾何結構與情感表現的分析，令人驚豔。以研究記憶獲諾貝爾生理醫學獎的 Eric Kandel，原先是不做視覺研究的，但因其特殊的維也納回憶與精神科醫師經歷，也跳下來寫了一大本《啟示的年代》（The Age of Insight），興趣盎然的將現代主義與表現主義藝術，緊密的與佛洛伊德的精神分析及視覺神經科學連在一起。

神經美學的研究更是方興未艾之中，我最近看到Duke大學的腦科學研究中心與大學美術館，在二〇一五年四月十三日合辦了一個雙年會「Seeing Color : Art, Vision, & the Brain」，結合了包括John Werner在內的名家共同研討。類似非典型的學術聚會是愈來愈多了，在傳統的藝術史與藝術評論之外，藝術與科學及技術之間的關聯，或者使用科技來分析藝術與作藝術解密，早已行之有年，其共生關係基礎深厚，名家輩出。至於在藝術的心理科學探索上，則從潛意識與精神分析開始，歷經格式塔心理學與認知心理學，一直到現在的神經美學，歷經演變，不只方法不同，逼近的哲學與觀點也大不相同。當然很多人還是會懷疑，這些人究竟懂不懂得藝術的內涵？好問題，值得以後再來評估，畢竟他們不是專業或帶動風潮的藝術家，基本上都是學者，或者最多只是業餘的藝術家。這就像從各種角度研究莎士比亞的人，為數眾多，但莎士比亞只有一位一樣，究竟誰說的才算？這裡面涉及作者論與文本論的基本辯論，硬要爭個是非看起來也沒必要，因為作者留下來的史料往往相當有限，所剩的只是可供評論與分析的作品，而且有時候創作者也不一定真清楚自己作品的定位與價值。最近相關研究的重點則更放在觀賞者本身的賞析過程上，意思就是作品的價值很多時候是在觀賞歷程中所決定的，這樣一來，更是百家爭鳴了！

中央大學天文所的黃崇源教授在二〇一二年五月十五日曾從天文學角度，提及《聖經》上的伯利恆之星（the Star of Bethlehem），也被稱作聖誕之星或者耶穌之星，據稱是耶穌降生時的天文異象，天上一顆特別的光體，在耶穌降生後指引來自東方的「博士」找到耶穌，但可能並無對應之天體或天文現象。之後分析梵谷如何在一八八八年九月的法國 Arles 城，畫出《隆河上的星夜》（Starry Night over the Rhone），畫面上大熊星座北斗七星清楚可見，Arles 的隆河是北緯 43.6 度，北極星亦離地面 43.6 度，未在畫中。這個演講非常有趣，我事後給他寫了一封信說「——感謝您精彩的天文與藝術演講，可惜因事必須早走無法聽完全程，但已聽到您對梵谷該畫之討論，尤其是從北斗七星與畫中未見之北極星，相對於地面之分析，研判係夜間現場由左至右畫出，甚為精采。有兩個問題就教：1. 該畫有繪畫年代，不知月日時資料為何，若無，應可探查 Arles 氣象紀錄，研判何月何日何時花多少時間繪出大樣與構圖順序為何。2. 同時代之詩樂畫應可找到共通或流行的天文意象，彼此之間說不定有可以互相援引之處。——」崇源兄回信說「——梵谷在 Arles 所畫的 *Starry Night over the Rhone* 是在一八八八年九月，推測約在九月二十日左右。因此從天文學可以找到他作畫的時間，約晚上八、九點。從北斗七星的變形樣子與實際的差別，也可以估計畫這些星點約兩個小時。我一開始對這時間有點懷疑，後來問過一位藝術家，才知梵谷繪畫非常快速，常在幾個小時內完成一幅作品，且都是以實際寫生為主。因此對這個推論比較有信心。——」我們還交換了一些心理學家、認知科學家，與神經科學家，在藝術上的不同看法，大家對跨域的研究都覺得有可援引之處，可以刺激出不同的觀點。

跨域的例子隨時可見。我以前有機會就去參加國美館亞洲藝術雙年展的活動，大部分都是非常前衛的，不間斷的在考驗著我們已經老化的心靈與眼睛，是否經得起驚嚇。有一次看到幾位日本藝術家利用反向工程（inverse or reverse engineering）的藝術實驗，在現場做出不錯的模擬結果。他們先將小型偵測器貼在臉上的不同部位（理論上當然是越少越好，但要獲得比較好的效果，技術上還是要多取幾點。）取得臉部的表情電子訊號（如快樂、痛苦，或憤怒），利用類比—數位轉換（analog-digital conversion），先將臉部訊號的數位資訊存在電腦中。之後將同樣的偵測器貼到同一個人同樣的臉部位置，再將電腦儲存的訊號，經由數位—類比轉換（D-A conversion），送回到臉上，形成拉扯的力量，這時候約略可看到原來第一次紀錄時的表情再現。這就是反向工程的意思。當然這個過程有很多還不清楚，有時候也很困難的問題，如在反向製造表情的時候，不能讓受測者知道送出來的是哪一種表情，要不然他會配合加強演出，就失去做反向工程的意義了。另外，假如第一次拿到的資料，只能在同一人身上復現同樣的臉部表情，也失去尋找不變量（invariants）的意義，最好是能夠在甲方拿到的 A-D 資料，D-A 到乙方時，也能得到同樣的表情，那是最好的科學結果了，這是一個非常重要的，如何尋找不變量最小集合（minimal set of the invariants）的根本問題，也是反向工程的核心工作。不過，這是很困難的，而且不要忘了，假如只是這樣做，縱使做到了，也只是科學或技術，而不是藝術！科學與藝術之間，只要用心，就可以看到很多這類跨域的有趣且具根本性的問題。

葉慈在一八九三年寫了一首〈當你年華老去〉（When You Are Old），他說當你年華老去而且滿頭白髮，開始拿一本書在火爐旁打盹，在恍惚中看到年輕與愛意遁逃，在群山繁星中隱藏自己的容顏。看起來，Joel 夫婦與我們的湖邊論藝，頗有葉慈詩中意境，只不過葉慈詩中火爐旁只有孤單一人，但在半夢半醒之中跑出很多人與影子出來，其寂寞的情景，有點像是李白的「花間一壺酒，獨酌無相親。舉杯邀明月，對影成三人——永結無情遊，相期邈雲漢。」至於我們則是幾個人圍著湖心，繞著一個主題發表意見，比較像是薄伽丘的《十日談》，在瘟疫肆虐下，找到一個避難所，盍各言爾志，對著湖心講著自己曾經有過的年輕與愛意。

（2015／7）

後記

素玲看到這篇短文後，同年七月六日回我一封信：Joel and Vivian 來台灣，有您陪伴在湖光山色的日月潭聊天，本身就很有詩意，不禁想起一九九七年 Russ and Karen 來台灣時，您開車帶著去北海岸，以及去年和 Anne and Danny 在少帥禪園聊天的情景。葉素玲教授也是我以前的碩士生，信中所提的 Russell L. De Valois 與 Karen K. De Valois 夫婦、以及 Anne Treisman，都是她在 UC Berkeley 念書時的老師。Daniel Kahneman 則是 Anne 的先生，二〇〇二年諾貝爾經濟學獎得主。他／她們都是視覺研究與心理學界的傳奇人物。

現代詩與搖滾樂

洛陽親友如相問

蘇奕彰送我一幅陳瑞庚寫的唐人詩作，事後回想以前在負責九二一地震災後重建時，偶遇陰雨連天的日子，早上又因公務來到陳有蘭溪畔，就會想起唐王昌齡〈芙蓉樓送辛漸〉這首詩，說起凌晨到江邊，送別在昨晚寒雨下滿江時特別趕來看他的朋友。這種友情對從洛陽被貶到吳地的王昌齡而言，應該感到無比的安慰，隔天就匆匆送行心中一定是百感交集，連旁邊的楚山看起來都與他一樣孤單。臨江賦詩一首，希望能遙寄洛陽親友，作一點心情上的表白，他雖然看起來抑鬱寡歡，但底下的詩行卻已昇華到天空白雲的高度：

寒雨連江夜入吳，平明送客楚山孤。
洛陽親友如相問，一片冰心在玉壺。

看完這樣一首詩，眼前好像真的跑出一幅蕭瑟大地，耳邊有不絕如縷的淺唱低吟，所有這一切，都是來自詩人所營造與想要表達的情緒，以很高的密度，擠入這些已經昇華的詩行中。這就是詩與樂的結合，同樣的場景換成今天，當然會在形式與表達方式上有所不同，就變成是現代詩與搖滾樂吧，也許有人會懷疑，真的可以改編嗎？我倒是一點都不懷疑，因為形式與表達方式雖有不同，但背後驅動的心中幽微力量與原始情緒，換成現代一樣適用，這種內在的情緒力量歷時千年，也不會從此不見。莎士比亞的戲劇流傳至今至少四百年，就因為他描寫詮釋的，都是亙古不變的人性，還有深藏在外表下騷動不安如同野獸般，難以馴化的黑色情緒力量。

情緒是黑暗的力量，情緒表現在：潛意識與潛抑、童年與創傷經驗、情慾、心性發展階段之固著；精神疾病；市場失靈崩潰；失衡之集體行為；藍綠統獨；核能安全與核四爭議；亂世流行之信仰；公平正義；教育爭議；占卜與術數。情緒與理性共同或分別決定了人類的思考與行為，但過去學術界流行採用規範性模式，討論不含情緒在內的，可以追求極大化與具有一致性的全知理性，心理學家與行為經濟學家覺得不安，開始主張認知處理能力有其極限的有界理性（bounded rationality; Herbert Simon），以及採用認知評估方式做選擇與決策，並深受固有思考方式及偏誤之影響（heuristics and biases; Amos Tversky & Daniel Kahneman）。雖然這類考量，已經從人類的認知觀點，對純講理性的偏頗做了很重要的修正，但對情緒所扮演的重要性而言，還是遠遠不夠的。

人類感性與情緒影響經濟與市場行為，就好像是黑暗力量，幾乎無所不在。但歷屆諾貝爾獎並未有任何一個獎項頒發給情緒的研究者，當然也沒有頒給佛洛伊德。一九六九年開始到二〇一六年為止，共頒發七十八位經濟學獎得主，至少九十五百分比以上是頒給以人類理性為模式基礎的重要研究，這是可以量化、可以求極大化、可以預測的部分，祇有兩次頒給指出人類理性有時而窮的心理學研究者（Herbert Simon 與 Daniel Kahneman）；假如再加一位數學家，就是 John Nash，他主要是利用囚犯困境賭局，說明人會深陷次佳的選擇（稱之為 Nash 均衡），雖然對雙方都是最好的最佳理性方案，就在眼前。二〇一七年經濟學獎頒給從人類心理觀點研究經濟學問題的行為經濟學家 Richard Thaler，之後也曾是得獎者之一的 Robert Shiller 表示，歷年經濟學獎得主約有百分之六頒給廣義的行為經濟學家。至於放入感性元素之經濟模式（有其難以量化、難以極大化、難以預測之特性），目前尚難成氣候。這是跛腳的給獎體系，還是跛腳的學術，或甚至是跛腳的教育？我以前也忘了問已經過世的Herbert Simon，與來過台北的Daniel Kahneman，問他們為何一輩子都沒有處理情緒引起的心智問題，也許他們長久以來也跟邏輯實證論者的調調一樣，將心靈與情緒用括號先括起來，等以後時機到了再研究。國外如此，台灣當然不會例外，二〇一六年想找國內一位懂得占卜與術數的正統學術研究者，以與德國資深研究者配合，遍尋而不可得。

學術上難以著力的困境，也許在詩歌上還可以有一些處理的方法！詩是一種探索心靈底層的危險藝術，問題意識是其中一個重要成分，鮮明的問題意識可以結合傳統與感性，以營造風雨欲來的局面，就像王昌齡將沉重的情緒力量昇華，所做的清楚表白，讓人親歷其境一樣。

佛洛伊德、艾略特與葉慈

底下試舉三例說明傳統上的幾位代表性人物，如何在時代的變動中，尋找感性的出路：

1. 在通稱為維也納世紀末（Fin-de-Siècle Vienna）與一九〇〇年的維也納（Vienna 1900），正是佛洛伊德出版他一生中最重要著作《夢的解析》（The Interpretation of

Dreams, 1900）之時，接著再提出精神分析的兩大假設：a. 心理歷程的運作主要是潛意識的，意識性的思考與情緒是例外而非原則；b. 心理事件遵循精神決定論，一個人記憶內的觀念連結，與其一生的實際事件之間，有因果性的關聯，每一個精神事件被在它之前發生的實際事件所決定。這意思是說，潛意識是驅動人類行為最根本的力量，也是產生人類心理與行為的充分條件。該一理論相當迷人，雖然不易找到清楚確定的神經生理依據，但已經對文學藝術界產生了致命吸引力，帶來全球性的迴響。在此同時，維也納也領先世界，在藝術上發展出深具特色的現代主義與表現主義，在很多畫作中表達出人心深處黑暗力量之衝突與對抗，雖然幾位代表性畫家並不承認是受到佛洛伊德影響，但在整體精神上是相容的。有興趣的人可以上網查看參考，如克林姆的《亞黛夫人》（Gustav Klimt, Adele Bloch-Bauer I, 1907），與席勒的《紅衣主教與修女》（Egon Schiele, Cardinal and Nun, 1912）。

2. 一戰背景下人心之幽微與絕望。艾略特（T. S. Eliot）在第一次世界大戰（一九一四至一九一八）之中與之後，曾寫過文學史上兩段極為出名的詩行（分別是〈普洛佛洛克的戀歌〉與〈荒原〉），將人心的幽微與絕望做了徹底的剖析：

〈The Love Song of J. Alfred Prufrock〉　T. S. Eliot（1915）

Let us go then, you and I,
When the evening is spread out against the sky
Like a patient etherised upon a table;
我們就出去吧，你和我，
當黃昏在天空中攤開
像病人麻醉在手術台上；

〈The Waste Land〉　T. S. Eliot（1922）

〈The Burial of the Dead〉
April is the cruellest month, breeding
Lilacs out of the dead land, mixing
Memory and desire, stirring
Dull roots with spring rain

四月是最殘忍的月份，培殖
紫丁香，從死地之中，混雜著
記憶與慾望，擾動
遲鈍的根苗，以春天的風雨。

我曾在一九六六年針對上述詩行，在一首長詩〈迴旋與展現〉中寫了一些有關的片段：

老邁的艾略特耐不住蒼涼與乾枯
吟出悽愴的悲歌，
而遠方麻醉僵直的天空
如貝多芬之死面
恒在變換著斯芬克斯的謎。

3.回到傳統依附傳統尋找教訓。愛爾蘭大詩人葉慈（W. B. Yeats），在其〈再度降臨〉（The Second Coming, 1919）中說，這是一個可怕的時代，上焉者失去信念下焉者充滿激情；在〈航向拜占庭〉（Sailing to Byzantium, 1926）中則說，我飄洋過海來到這座拜占庭聖城，要為大家述說過去、現在，與未來的真義。在這些關鍵線索之引導下，大約即可寫出變化萬端的大作品，正如很多人以《聖經》上的名句「Quo Vadis」（往何處去？）來破題一樣。今只舉〈再度降臨〉為例說明如下。

〈The Second Coming〉　W. B. Yeats（1919）

旋轉，旋轉，在那擴展的迴旋中，
獵鷹聽不到放鷹者的聲音；
物體四散，中心抓不住；
完全的渾沌散滿在世界上，
血汙的潮水到處氾濫，
清白無瑕的儀式為水所淹沒；
最善良的人也缺乏自信，
而最邪惡的人充滿著強烈的欲望。

必然，即將有某種啟示；
必然，即將有再度的降臨。
再度降臨！這句話才出口，
便自宇宙魂昇起一巨影，
令我目迷：在沙漠的某地，
一個形象，獅其身而人其首，
一種凝視，空茫殘忍如太陽，
正緩緩舉足，而四面八方，
憤然，沙漠之鳥的亂影在輪轉。
黑暗重新降下；但現在我知道
沉睡如石的二十世紀，當時
如何被一隻搖籃搖成了惡魔，
而何來猛獸，時限終於到期，
正蹣跚而向伯利恆，等待誕生？

此詩分兩節，第一節的譯文採自錢歌川的《英詩研讀》，第二節採自余光中在《英美現代詩選》中之譯文。錢譯信實，余譯傳神，皆為名譯則一也。此詩發表於一九一九年，正當第一次世界大戰結束（一九一八）不久，歐洲一片殘垣斷瓦，社會秩序亟待重建，而葉慈所生長的地方愛爾蘭也一直為著獨立而醞釀革命，一切看起來都那麼令人絕望，所以寫出了第一節的詩行。除了描繪出這種破敗的處境外，葉慈還預感到「再度降臨」的恐懼，他認為經過這次大戰的災難，仍然不能保證人類的苦難已可告一段落，他預感到另外有一個更恐怖更令人提心吊膽的風暴正在成形，一隻怪獸睜著陰狠的眼珠，搖搖晃晃的走過黑暗的沙漠，要去聖地伯利恆投生，但牠投生後帶來的訊息是什麼呢？當然不是耶穌基督的福音以及神的救贖，牠帶來的會是地獄煉火、魔鬼的消息。這些是第二節的大要。

在第一節第一行的「擴展的迴旋」（widening gyre）中，「迴旋」（或漩渦）象徵著一種永遠輪迴的哲學、超自然的意象、幾何的圖形。從這種輪迴的神祕觀念，又發展出他的「大年」（Great Year，又稱 Magnus、Annus Great Wheel、Platonic Year）觀念，他認為一個「大年」約當塵世兩千年，在他的「大年」概念有兩個週期，第一個週期始於西元前二千年的巴比倫文化而終於希臘羅馬文化的衰落，第二個週期則自耶穌降生以後到二十世紀的基督教文化。那第三個週期呢？是不是基督教文化的衰落，而代之以另一種文化型態？這一點就是「再度降臨」的精義，另一種型態的文化正在誕生要來取代基督教文化。印證隨後發生的第二次世界大戰，法西斯主義與納粹的崛起，就可約略說明「另一種文化型態」的意義。第二節第四行的「宇宙魂」（Spiritus Mundi，又稱Great Memory），指的是一種生前已存在的絕對抽象觀念，而且對這世界有決定意義及預測事件的運作能力。（〈再度降臨〉詩作釋義，部分轉載自《龍族詩刊》十三號，一九七四。）

由上述三個例子可知，只要人間與時代還不安定，就會有人想去找傳統，看看有沒有感性上的出路。這也是現代詩與搖滾樂經常表現的主題。

現代詩與搖滾樂的感性及傳統

四十年前「健康世界社」林國煌教授與王溢嘉醫師，要我在台北實踐堂做一個「詩與音樂」的公開演講，那時關心人是否有特殊喜好的節拍與旋律類型，因此到台大醫院婦產科找李鎡堯教授錄胎兒心跳的聲音，看看長大以後喜好的節奏，是否與在子宮中聽慣的心跳節拍有關聯性；另外也想知道最適合胎教的旋律類型為何？

不過後來想想，這些大概都是無稽之談，科學與醫學上也沒累積什麼有用的知識與結果。二〇一六年七月二十三日應印刻出版社與新匯流基金會之安排，講「現代詩與搖滾樂：感性及傳統」，就換個角度多談點文學面向。將現代詩與搖滾樂連接起來，是因為當年在大學時代的校園，這兩者本來就是連在一起，成為一種大學生風格的，那時念詩談詩寫詩是很自然的，不像現在好像是特殊行業一樣。至於搖滾樂那是更流行了，如 Bob Dylan, Joan Baez, The Beatles，以及比較後來的 Simon & Garfunkel, Neil Young 與 Elton John 等人。這十來年 Elton John, Bob Dylan 與 Paul Simon 都曾來過台灣，我在現場看到一堆似曾相識的面孔，看來都是當年讀大學時的同代人。

講詩說詩多少有譜可循，以理性分析為主再加上對感性的同理心以及歷史性了解，大約就可有個起步。但寫詩的靈感有時來無影去無蹤，就難在開頭，別以為曾經寫過幾首詩，說不定忽然一首都寫不出來，可達數十年之久或一輩子。我在高中就學會辦雜誌與寫詩，大學時開始寫一系列「走在荒原上」的詩文，後來還加入龍族詩社，但開始在台大任教後就不再寫詩，一晃三十年無詩。一直要到去負責九二一重建與桃芝風災救災，看到山河破敗就如荒原，還有人命脆弱到隔天不復得見，覺人生無常莫此為甚，感性忽然恢復，開始有詩。後來母親辭世，也讓我以詩來描述一些感覺。這樣才累積到足夠的詩作，可以在二〇〇五年出一本詩集，真是慚愧。那時用作書名的〈當黃昏緩緩落下〉，其實是一首二十歲時的作品，而非要表達初老之意，有人說這個書名在二〇〇五年時有點太早，現在剛剛好，其實皆非本意也。

同屆的台大婦產科謝豐舟教授，是一位畫家，老來退休開始學詩，我看了他最近寫的齊東詩社、颱風天的咖啡館，與台北的表參道（中山北路）三首，非常有創意。他跟鍾正明院士說，寫詩用的文字較少比較短，應該比較不費力氣。這話說得也沒錯，但是學術文章與小說可以慢慢想慢慢寫，總有寫完的一天，不過如我的個案，在沒有靈感又抓不到表現形式時，是可以無詩三十年的！

二〇一四年出版《大學的教養與反叛》一書（印刻出版），談到了在大學時期所接觸過的文學詩歌與搖滾樂，並回憶日後 Elton John, Bob Dylan, Paul Simon 分別來台演出的盛況。不過較早期的文章並未匯編進去，現在趁此機會將一九七〇年代所寫的，環繞這個主題匯總出一些殘篇小論，聊供清賞。

（2017 / 1 / 10）

搖滾樂中的 Don McLean

我曾到荷蘭多次，每次都發現唐·麥克連沒退燒，都是因為他唱了一首風靡全世界的〈梵谷〉（Vincent）之故！就像英國人特別喜歡披頭四與 Elton John 一樣，這種「祖國」情結，看起來是無孔不入的。

〈Vincent〉　　Don McLean（1971）

他們不能瞭解你
而你仍保有真摯的愛。
當一切已經絕望
在那星光燦爛的夜晚，
你選擇了殉情的解脫。
但梵谷啊，我早該告訴你
這世界永遠不可能
如你那豐盈的內心那麼美滿。

我想我已能瞭解
你想嘗試說出來的畫意
及你健全的心智帶來的痛苦。
但他們不會聽你的
他們仍然不會聽你的

縱使在這世代，他們永遠不想去聆聽。

這是一首描寫畫家梵谷（Vincent van Gough）一生事跡中的一段，由曾是葛拉美獎得主的唐麥克連（Don McLean）唱出，配合巧妙的分解和弦，他淒涼的唱出畫家在這時代中的悲苦與不被瞭解，而仍對這世界對全人類保有一份固執的愛心，以至於驅使其步入死亡之域。他的另一首〈美國派〉（American Pie），則娓娓道出傳統精神之淪亡，昔日的音樂變為闇啞，往日沉迷於音樂中的歡樂，現在一一離他而去，驅車到河堤散步，卻見河水已涸，祇見一批糟老傢伙在那邊狂飲威士忌與麥酒，混聲齊唱：「音樂在今日死亡！」在這種情況下，聖父聖子聖靈蒼茫四顧，發覺天下雖大，卻無一樂土，於是狼狽的搭上最後一班火車，奔往西海岸。西海岸緊接著就是太平洋，此曲顯然有乘桴浮於海之意。同時在這首曲子裡，「美國派」一般被用來當為美國傳統的一個象徵，就像「玉蜀黍」或「土撥鼠」被用來當為部分美國地方傳統象徵一樣，很明顯的流露出對二十世紀前半美國黃金時代的懷想與憾恨之情。

搖滾樂中的戰爭詩

戰爭題材在詩史上一直占著炫耀的地位，詩的技巧也因該一題材的千變萬化，而累增出相當豐盈的表現方式。西洋搖滾樂界的歌手們，對戰爭又是何種看法以及如何經由歌謠給予適當表現？自從 Woody Guthrie 及 Bob Dylan 等人，將搖滾樂引入自唱自寫自彈後，境界為之一高，迨至晚近隨手索閱歌詞，即可發現不僅其意境不遜現代詩歌，即其技巧亦合旋律節奏之要求，如 Elton John 的曲子，即習慣採用抑揚五步格（iambic pentameter）方式寫歌詞。由於處於此一世代，歌手們也與一般的知識分子一樣，具有敏感的心靈與悲憫的同情，因此戰爭歌謠便源源而出，或自訴或諷刺或提出理想國，皆各有其迷人風貌，未聆其音，單看歌詞便有深契之感。底下提出幾個歌手在一九七〇年代初期對戰爭的一些感興之作。

〈Military Madness〉　Graham Nash（1971）

在北海岸
黑水塘地方的

一間樓上小屋裡
軍隊徵走了我的父親
祇剩媽和我。

戰爭的瘋狂正殺戮著我的鄉土
孤寂的悲傷籠罩向我。

放學後我便走向
另一國度
發現了不同的天地，但絕不
失去我的自尊。

戰爭的瘋狂正殺戮著我的鄉土
孤寂的悲傷籠罩向我。

當戰爭宣告停演

當屍體列冊歸檔
人啊，我希望你能發現
何者驅人墮入瘋狂。

戰爭的瘋狂殺戮著我的鄉土
在你我中存在如此濃鬱的悲苦
戰爭，戰爭，戰爭，戰爭，戰爭，戰爭。

〈戰爭的瘋狂〉為 Graham Nash 主唱（本為 Crosby, Stills, Nash & Young 樂團之一員），和聲中以「戰爭」（War）這一個字的齊聲合唱摹擬淒切的哭喊，至為感人。曲中恰好發展出兩條主導的觀念，一為「戰爭的瘋狂正殺戮著我的鄉土／孤寂的悲傷籠罩向我」，充滿了無奈及無助；另一則為「人啊，我希望你能發現／何者驅人墮入瘋狂」，充滿了卑微的祈望，令人心傷。

〈The Grave〉　Don McLean（1971）

為伊掘的墳旁
堆著從明亮耀目底夏天
採來的山谷花朵。
碑石一旁的黃土
已然轉白，伊死了。

當吾國的戰爭召喚吾民
年未及冠的青年奔向它底呼喚
以生為吾國的人民而驕傲，伊死了。
永恒知伊，也瞭然吾人於世上的所為
雨點如珍珠般滴落在花葉上
將曾是乾淨的大地洗成濘濕的泥土。

伊在戰壕深處靜待時間流逝

伊舉起來福槍
伊祈禱死亡不要來臨
但黑夜的靜寂被硝火逐得滿天紅亮。
當槍彈在空中嘶嘯而過
伊底伙伴相繼慘遭屠殺
伊底守護神孤零而黯淡的站立在旁。
伊匍匐於壕中，
他們不能殺死我，他們不能在這裡殺死我
我要親自用泥土掩埋自己。
我要親自掩埋自己，我知道自己恐懼不安
大地，大地，大地即是我的墳。

〈墳墓〉（The Grave）是Don McLean出名的曲子，該歌手聲名大噪，導因於其專輯「美國派」（American Pie）中的兩首歌曲，一為〈美國派〉一為〈Vincent〉，如前所述。由於作者深入實際生活，感觸當前世代最令有心人士低迴不已的題材，故所作之曲詞常能點出事件背後的深意。在〈墳墓〉一詩中即藉一年輕士兵的死亡為題，對比出國家的榮譽與個體在戰壕中永恆的恐懼，並宣敍出宇宙間按照某一方式發展後，所必形成的悲劇，而該一悲劇又必以墳墓為其最後的歸宿。

〈Find the Cost of Freedom〉　Stephen Stills（1970）

找尋自由的代價，埋葬在墳地裡，
慈祥的大地張開吞噬的口
躺下吧，你的軀體。

〈找尋自由的代價〉為Stephen Stills所唱（他是Crosby, Stills, Nash & Young樂團之一員，擅作曲），一開始即以經文清唱的方式，牽引出一種異樣的氣氛。之後以一種跡近溫柔的語氣請你躺到墳地裡，反諷出戰爭的殘酷與獲得自由的辛酸。

〈Imagine〉　John Lennon（1971）

想想假若沒有天堂

那並不太難假若你去嘗試
底下看不到地獄
祇有頭上的青天。

想想活在今日的
所有人民
想想假若沒有家國
這不是一件難以著手的事務
不用為一件事去殺戮去死亡
而且也沒有宗教。
想想假若所有的人民
生活在安詳和平之境。
你可能說我是一個夢想者
但這並非祇是我的夢想
希望有一天你會加入我們
使你我生存的世界渾然一體洋溢著溫暖。

想想假若人們都無私慾
我懷疑你是否能夠做到？
不需憂傷更無饑饉
四海之內無非兄弟，想想假若所有的人民
共同分享這世界。

〈想像〉一曲為 John Lennon 作品，他在披頭四（The Beatles）解散前曾為該樂團主唱。該曲的主題即在嘗試提出一個新式的烏托邦，裡面沒有天堂、沒有地獄、沒有殺戮、沒有宗教、沒有私慾、沒有憂傷，也沒有饑饉。所存有的祇是祥和、溫暖與兄弟之情。這首歌曲等於對上面所提的三首絕望曲子，提供一個可供夢寐以求的美好理想，但問題是在目前世界各國間巧妙的均衡條件下，要等到這種世界的來臨，豈非恰如海外仙山之渺不可得。雖然客觀條件不太可能產生如此迷人的世界，但就是想想也可令人舒服個大半天了。

（1979）

音樂與生活風格

搖滾文化

我曾於一九七六年三月在《健康世界》上寫過一篇〈從搖滾樂看生活風格的轉變〉，檢討搖滾樂在本國社會造成的影響，底下再做一點詮釋。

1. 源起。搖滾樂的源起與一九五〇至一九七〇年美國「地下運動」（Underground Movement）的發展息息相關，在這段期間結合了白人的西部、鄉村歌曲，與當時的旋律、藍調樂曲，混生了搖滾樂，大受歡迎，取代了二次世界大戰前流行的爵士樂與古典音樂，成為「青年文化」中的主體，可說是求變求新年輕人的音樂。台灣輸入搖滾樂約當一九六〇年代工商貿易大幅發展之時。

2. 演變。搖滾樂在剛開始時，搖滾歌手頗有吟遊詩人的氣質，上承荷馬史詩的良好傳統，聆賞者也大半是關心社會文化發展的讀書人。但慢慢的，有些搖滾歌手與商業利益結合成了商業歌手，聆賞者也成為十幾歲的年輕人，因此有些社會學家直呼其名為「泡泡糖的一代」（bubblegum generation），以形容其少不更事、咬完就吐的文化特質。搖滾樂後來也跟電影結合，變成了現代的「搖滾歌劇」，如《萬世巨星》（Jesus Christ, Superstar），該劇描述耶穌基督行走於江湖之中，為宣揚真理而奔走四方，身心俱疲，一位風塵中的奇女子對這位看起來那麼無助，卻又那麼偉大的人，唱出了〈我不知道如何愛他〉（I don't know how to love him）。在《湯米》（Tommy）片中，則描述一個在充滿了挫折無希望環境中長大的年輕人，如何歷經成長、成名、墮落與絕望的過程，先由 Elton John 唱出了娛樂世界中瘋狂與非理性的一面〈彈珠〉（Pinball），更由 The Who 樂團主唱〈看我，感覺我〉（See me, feel me），唱出了這個年輕人的孤獨與渴望想被了解的心情。在《週末狂歡》（Saturday Night Fever）片中的集錦曲子，則可看出迪斯可舞曲（Disco）已成為世界性年輕人文化的一部分，一批帶有英雄幻想與自我中心的年輕人，滿足陶醉於瘋狂的熱舞之中。搖滾樂也因此發展出了它的關係企業，與年輕人的生活結合在一起。

3. 搖滾樂與生活風格。搖滾樂已變成世界上很多年輕人的生活風格，他們的生活中充滿了搖滾滿地跑的色彩。我在旅行到北美洲時，曾特別觀察了三個具有特殊文化色彩的城市：蒙特婁、舊金山，與波士頓，發現這些地方把那種自由自在的搖滾文化發揮得淋漓盡致，街頭四處都有搖滾歌手輕聲曼吟。我在聽完波士頓交響樂團演奏的隔天，跑到波士頓花園（Boston Garden）去聽一位頗負盛名的搖滾樂團 Jethro Tull 的演唱，由一擅長吹橫笛的安德生（Ian Anderson）主唱，當晚在該建築物內擠滿了約兩萬名年輕人，真是滿坑滿谷，室內空氣中充滿了大麻、香菸與啤酒味道，他／她們根本不是來聽音樂演唱，而是來聚會來湊熱鬧的！因為全場都是口哨聲、大吼聲、拍手聲，我不相信有幾個人是在聽演唱的。臨尾聲時，這批與四周年輕人一樣吵的樂團到後面休息，燈光暗下來，全場的年輕人都站起來了，他們不是要離開，而是每個人都把打火機、火柴劃亮，黑漆漆的全場祇見萬家燈火在煙霧迷濛中閃耀發光。「安可」完了後，又再來一次萬家燈火，如是者七、八次以上。再隔沒幾天，就有 Bob Dylan 來演唱，不知他們又要瘋成什麼樣子。在我座位隔壁是一位看來初中生年齡的小伙子，那是一張清澀靦腆的臉，在別的場合碰到，我還會多方照顧的臉，沒想到他在全場中又叫又吹口哨，又像猩猩般的揮動雙臂，激動不堪，一坐下來又是那張青澀靦腆的臉。

其實高水準的搖滾樂是有其音樂美學與詩學的。有些歌手用傳統的英詩格律填詞，倒也頗能配合曲子的精神，如 Elton John 在〈我需要妳的歸來〉（I need you to turn to）中所唱的，是依照英詩輕重五步格（iambic pentameter，又稱抑揚五步格）的格律寫成，其主題是「我需要妳的歸來，妳是我生命中的守護天使」（參見本書「藝文札記」中〈格律、破題與小品〉一文的「抑揚五步格與Elton John」）。「輕重五步格」是英詩中最普遍也是歌調中最莊重的格律，它的組成是每個詩行由五個輕音及五個重音，輪流按輕重次序配搭而成，上昇調（iambic）是英詩格律中最自然的調子。輕重五步格的長度（共十個音節）在必要時，可以一口氣不停頓的唸完，而不會感覺到緊張，亦即一行十個音節的詩行，恰與英文句子或子句的普通長度一致。

吟遊詩人的精神，則是歐洲少數值得珍貴的傳統精神之一，在史蒂文思（Cat Stevens）的歌曲中，四處可發現這種精神，他可說是當代極少數不迷失本性、不捲入感官文化的浪潮，而孤寂的走自己路的吟遊詩人之一。在他唱的〈悲傷的麗莎〉（Sad Lisa）中，他緩緩唱道「打開妳的門，請不要躲在黑暗中，讓我盡可能的來幫助妳。」懷鄉與宗教也是搖滾樂的創作主題，這類作品甚多，如克里斯多夫遜（Kris Kristofferson）唱的〈為什麼是我〉（Why me），他低沉的唱著「我知道我是什麼樣的人，我願把生命交到祢的手中，請祢引導我走完生命的全程。」在戰爭歌謠方面的部分傑出作品，已如前述，不再多言。上述所提的這些片段，縱使放在現代詩中，也毫不遜色。

十八世紀英國文學家頗普（Alexander Pope）在〈論詩〉中有謂：「聲音必為意義之回響」（The sound must seem an echo to the sense.）。用到搖滾樂這件事上，它的意義便是：聽音樂不能不知其隱含的意義。這句話雖然聽來刺耳，卻是很適合淺嘗即止搖滾滿地跑的年輕人。

遙遠的呼喚

與音樂有關的傳言很多，但有些經常是似是而非的，尤其是在想說明音樂與生活各個面向的關聯時。今祇舉其中兩種加以析論：

1. 人為何喜歡聽音樂？依照一些人的想法，人之所以會不由自主的喜歡聽音樂，不是因為後天的培養，乃是因為人還是胎兒在母親子宮裡，已經培養出來的嗜好，當胎兒在子宮環境內發育到五、六個月大時，胎兒的心跳聲轉趨明顯，每分鐘可跳一百多下，那是一種快速而清楚的節奏，我曾特別去聽由《健康世界》雜誌社王溢嘉醫師策劃，在台大醫院李鎡堯教授診間所錄得的胎兒心跳聲。因此胎兒在密閉且充滿羊水的子宮環境中，已聽慣這種節奏鮮明的聲音，出生後，一聽到節奏（或拍子）鮮明的音樂，立刻會有一種「趨向反射」（orienting reflex）產生，而找尋那「似曾相識」的聲音來源。到一歲多時，甚至還會依著拍子踏步。因此就有人解釋一個人會不由自主的喜歡聽音樂，乃是由於他早年在子宮裡已培養出來的嗜好，後天學習的因素雖然不可忽略，但卻不是最重要的因素，尤其是當一個人心情不太順暢時，音樂的樂音就像是子宮發出的遙遠呼喚，呼喚他回歸到那有重重保護、安全的子宮去，以逃避現實的令人不快。

上述這種解釋乍聽十分荒謬，但一片歪理，也頗難反駁。倒是可以從下述三點予以評論：

a.聽覺問題。胎兒的聽覺器官在兩個月的胚胎期即已分化出來，但是否胎兒之後即已有聽覺能力，是否能將聽到的存入記憶系統？這兩個問題的答案恐怕都是否定的。依照皮亞傑（J. Piaget）的觀察，嬰兒在出生後十個月內，尚在一種「視而不見」的階段，一位尚未滿十個月的嬰兒凝視著一件玩具，但當用一塊布幕遮擋在玩具與嬰兒之間時，嬰兒就別頭旁視，好像該玩具已不存在該處，這種現象充分說明了嬰兒「視而不見」的特質。所以，在子宮內的胎兒是否能「聽而又聞」，實屬大有可疑。同時，依照現有的資料，人大約最早祇能往前回憶到他三歲半左右所發生的事情，再更早的事情就回憶不出來了，這可能是因為人在三歲半左右，才開始慢慢學會簡單的語言（所謂的SAAD，意指簡單、主動、肯定，與敘述性的語句），會使用簡單的語句與人溝通或用以描述外在世界，人類的記憶主要還是要依賴語言的幫忙。傳統佛洛伊德學派也許認為可以更早（但不會早到子宮階段的記憶），卻很難獲得足夠的客觀證據來支持這種想法。所以，縱使在胎兒期能聽到，也不可能有所記憶。既然如此，則一個人在胎兒期所經驗到的心跳聲（不管是母親的或自己的），是否能成為日後「遙遠的呼喚」，實在不是目前科學知識所能回答的了。

b. 旋律問題。「遙遠的呼喚」這種解釋法還有一個問題，那就是它祇能解釋人為何會喜歡快節奏的音樂，但無法解釋人何以喜歡旋律優美的音樂。子宮內既然無法製造旋律出來，胎兒也就無法在子宮內培養出對旋律的喜好。節奏與旋律同樣是音樂的兩條主導線，一種祇能解釋節奏而無法處理旋律的理論，是無法言之成理的。

c. 最後，「遙遠的呼喚」這種解釋法，可能犯了邏輯上所說「源起的謬誤」（genetic fallacy）。所謂「源起的謬誤」本來是指「人身攻擊的謬誤」，亦即討論重點的誤置。本來討論的是某人的言論想法是否正確，與該發言人的人格無關，但辯駁的人卻對發言人作人身上的攻擊，從而證其言論之非。後來就引申到那些想從發源處找根據，以致犯了謬誤的作法，便稱之為「源起的謬誤」。這類例子很多，如曹雪芹在《紅樓夢》中，為合理解釋賈寶玉何以會成為一個風流中人、女兒圈中的紅粉知己，便編了一段賈寶玉周歲時「抓周」的情節，在賈寶玉面前擺了一大堆物件，結果他祇抓了胭脂、口紅之類的女人物品，因此給人一個印象：「此子大後，必為風流中人。」同樣的，佛洛伊德在理論上認為人之會力爭上游、從事創作，乃是因為將與生俱來的性慾力（libido）昇華，有以致之；因此達文西之能繪製出千古傑作《蒙娜麗莎的微笑》，不是因為他的藝術體驗與繪畫技巧已達巔峰，而是因為他將性慾力昇華為研究動機，以及對其母親長期壓抑的強烈愛意之解凍。這兩個例子可說是典型的「源起的謬誤」，為了解釋一個人的行為，不惜溯推到當事人極其年輕時代的所作所為，而不願意從後天學習與當時環境的觀點加以解釋，雖然令人覺得非常新鮮，但也很可能是刺偏了的矛頭。將「遙遠的呼喚」用來解釋人對音樂喜好的觀點，也可作如是觀。

2.何以不同類型的人喜歡不同類型的音樂？有些人認為人類可以分為兩種類型，一為理智型，一為情感型。理智型的人喜歡形式嚴謹看清楚邏輯的東西，感情型則喜好富有活力有浪漫色彩的東西。再進一步推論，則認為理智型喜歡音樂中的旋律，感情型則喜其節奏。依照現代的演變，則理智型應較喜歡古典音樂，情感型較喜歡搖滾樂。這種說法其實是源自古希臘的想法，在古希臘神話中，太陽神阿波羅（Apollo）代表理性與知識，酒神戴奧尼修思（Dionysius）則代表浪漫與生命的活力。但用幾個簡單的分類來把人分別放到不同框框裡，已經是不合時宜的作法。早期的類型學家以為動植物既可用分類法加以了解，何以唯獨人類不行，因此就天真的替人類設個簡單的框框，想用數人頭的方法，丟到不同的框裡去，但較嚴肅積極的心理科學興起後，卻發現人就像個「黑箱」一般，很難清楚客觀的予以了解，人的複雜性決不低於其簡單性。譬如早期的研究者，很興奮的宣稱他們找到了血型與性格之間的清楚關係，哪一種血型的人應該具有某幾類性情，一般人正愁人何以如此複雜不易理解，一見有這種簡單的歸類法，即紛紛詢問親朋好友究屬何種血型，以便判斷其性格並作為日後「敦睦邦交」的基礎，但曾幾何時，就已發現所謂血型與性格之間的關係云云，實在是經不起科學上的嚴格考驗，現在也很少有人願意相信這一套了。因此，所謂「理智型」與「情感型」的分類，實在是很有問題的，我們祇能說一個人在某些場合比較偏向理智，在某些場合又比較感情用事，而無法截然的說某一個人是完全屬於「理智型」或「情感型」。事實既然是這樣，就很難用這種分類法來說明，一個人為何會特別喜歡某一類型的音樂了。

雖然上述兩種說法都可能是不對的，但「人喜歡聽音樂」與「不同的人喜歡不同的音樂」畢竟是現象界存在的事實，上述的解釋既然不合理，那又該如何解釋？最好是能夠體認目前知識的有限性，而不強求解釋。要不然，可以嘗試用「後天環境」的想法加以解釋，一個人所以會喜歡上某一類音樂，可能是由於當事人受過某一類的音樂教育，包括父母強制性的音樂訓練與友朋之間的切磋，都可能使一個人慢慢的由摸索、了解，而走上喜好之路。這種表現就像一個人的宗教信仰，往往是由於早年就信教或後來慢慢了解、體驗才逐漸形成的，因為總不能說一個人之所以會有某種堅定的宗教信仰，是由於他是天生的信教者！有的人真的相信人有所謂的「教堂基因」（church gene），這實在是不足為訓。

音樂與心理治療

音樂被用來做醫療或輔助療法，已有很長一段歷史，尤其在原始部落中更有其特殊地位。音樂可作為醫療用途的理論基礎在哪裡？這可能要回頭查詢文學批評鼻祖亞里斯多德的意見，他在其不完整的講稿《詩學》中，對悲劇的源起與功能作了極好的解說：「悲劇是對一種嚴肅的、完整的、相當有份量的活動所作的一種模倣」，能夠「經由憐憫和恐懼導致情緒之正當的淨化」。

這種想法若用在解釋音樂的源起與功能上，可能也說得通。以貝多芬的《命運交響曲》為例，我們在聆聽時心悸於連綿不斷的命運敲門聲，挾風雨以俱來，而心懷恐懼，同時我們也悲憫於人在生命旅途中飽受風霜之苦，但經由這種憐憫與恐懼，我們終也能在最後充溢著昂揚的鬥志，就像那掙出石縫的小草迎風飄揚，而導致情緒之正當的淨化。貝多芬能夠利用音樂技巧，對「命運」的活動作了很好的模倣，聆賞者也能經由憐憫與恐懼推想感應「命運」的活動，而淨化了該一情緒。再補充兩點說明：「模倣」該詞，並非祇是被動的摹寫事物之性狀，還包含作者對所描寫事物之獨特見解。情緒之正當的淨化並不見得純由憐憫與恐懼得來，尤其在音樂中，「愉悅」的角色應特別被強調。

至於音樂如何被應用在醫療中，這是屬於技巧問題，底下略作說明：

1. 原始部落與正信宗教的音樂療法。原始部落對「疾病」的看法，往往認為是由邪魔附身所引起，為使疾病能獲得醫療，可利用歌唱與樂器演奏來驅走附身的邪魔，及安撫山川的鬼靈。為使音樂達到最佳的醫療效果，往往有如下的安排：先是輕聲歌唱與鼓聲，再慢慢配合舞蹈、敲打樂器，並提高音樂聲，由祭司或巫師作法將邪魔驅除出病人的身體。目前的看法，認為這種單調而重複的舞蹈與歌聲，具有催眠效果，可使參與者進入集體歇斯底里的狀態，被治療者往往在這過程中獲得信心，認為祭司有能力把自己身體內的邪魔驅逐出境，而加速健康的恢復。這種催眠狀態的引發，在正信宗教的情境中也屢見不鮮，雖然兩者之方法與目的已經天差地遠無可比擬。有一次我特別到台北市立體育場聆聽葛理翰佈道大會，就發現有這種效果。當晚煙雨迷濛，強力的探照燈穿透黑暗中的薄霧，空曠的草地上迴盪著數千人的大合唱與葛理翰低沉有力的傳道聲，數萬聽眾與信徒隔不多久就進入集體催眠狀態中，佈道內容很快的引起直接共鳴。散場時為數甚多的「決志」人快步向講台走去，「得救」的信念在這些人身上已經根深蒂固的建立起來。

2. 職能治療中的音樂欣賞與樂器演奏。病人經過現代醫藥治療後，有些人尚未建立起返回社會繼續工作的信心，這時往往施以職能治療，不僅想讓其重新學習必要的技術，也藉以建立其重返社會崗位的信心，這時音樂的功能便具有被動與主動兩種。被動的音樂功能是讓病人在聆聽音樂的過程中，紓解情緒上的重重壓抑，使其為之霍然開朗，重建起生活的信心。主動的音樂功能則讓病人參與合唱團或樂團演奏，以提高其自尊與自信，走上更積極的康復之路。

3. 現代的嘗試。有些醫療研究者認為他們所選擇的樂曲，可治療不同類別的病態情緒，而且收效宏大，如布拉姆斯的《催眠曲》與德布西的《月光曲》等曲子，被認為可用來治療憤怒與敵視的情緒。比才的《卡門組曲》與貝多芬的《艾格蒙特序曲》，可用來治療憂鬱的情緒。韓德爾的《水上音樂組曲》與巴哈的《咖啡清唱劇》，可用來治療疲倦的情緒。德布西的《海》與柯普蘭的《牧童的特技》，可用來治療妒忌的情緒。

約翰・史特勞斯的《華爾滋》與蕭邦的《前奏曲》，可用來治療焦慮的情緒。諸如此類的嘗試，都可讓我們了解音樂裡面的成份與情緒之間的相對應關係。

4.養雞場與牧場也放音樂。有些養雞場認為放適當的輕快音樂，可使母雞下的蛋又好又多，有些牧場放音樂，希望能在乳牛的身上擠出更多的牛奶。這些作法基本上是認為音樂雖然是人類應用語言與思考所獲的結晶，但對其他動物仍會引發感應，而有良好的收獲。

5.音樂與胎教。有些人建議孕婦多聽旋律優美的音樂，以便子宮內的胎兒及早獲得良好的胎教。這是一種想當然爾的作法，我實在是想不出音樂如何對胎兒形成良好的胎教，主要的批評已在「遙遠的呼喚」一節中說過，因為胎教最直接的意義就是胎兒能聽到美好的音樂，並能有所記憶，才能產生胎教的效果，但胎兒是否能聽是否能有所記憶，實在是大有可疑。因此建議孕婦常聽優美的音樂，應該在下面所提的基礎上加以了解：孕婦常常聆聽旋律優美的音樂，可幫助孕婦獲致穩定快樂的情緒，如此便可減少因不安的情緒，而產生不利於胎兒發育的生化物質。

6.批評。究竟音樂是否真的具有醫療效果？假如真的具有醫療效果，那醫學研究者就不必再那麼辛苦的呆在實驗室裡呆在臨床醫院中，做基礎醫學與臨床醫學的研究了，因為音樂是取之不盡用之不竭的，哪種疾病來就用哪種音樂治療回去，豈不更為乾脆！

但是，音樂應該沒有這類強力的醫療效果，它最多祇具有心理治療的效果。在牙科手術中，音樂曾被用來幫助麻醉的進行，有人先讓牙科病人聽貝多芬的《月光奏鳴曲》、華格納歌劇《唐懷瑟》中的《向晚星之歌》、德布西的《月光》等曲子，緊接著施行麻醉手續，用吸入型高濃度的弱麻醉藥75%的一氧化二氮及25%的氧氣，結果發現音樂可使麻醉效果更為良好。但在一九六〇年的《科學》週刊上，有人提出噪音本身在牙科手術中具有唯一的麻醉效果。他們的作法是這樣的：在牙科手術中，對被治療者同時播放音樂與白色噪音（將每秒振動20到10,000次頻率的音波，由不同頻道一齊以同樣強度播放出來，便可組成白色噪音），病人可主動調整白色噪音音量，以減低痛感。在該研究中，這批研究者認為白色噪音是牙科手術中唯一有效的聲音刺激，音樂祇是讓噪音變得更可忍受。他們發現白色噪音可使五千個牙科病人中九十百分比的人，獲得痛感的寬解，而不必再依賴其他麻醉藥品的施予。

聽起來這是一很可觀的成就，因為好像噪音本身就具有減低身體上痛苦的效果，而音樂卻不具有想像中的醫療效果，這對提倡音樂具有醫療效果的人可能是一嚴重打擊，因為既然噪音也具有如此顯著的麻醉效果，則音樂在牙科手術中的地位就搖搖欲墜了。但上述的研究結果也受到嚴厲的批駁，在一九六二年的《科學》週刊上，就分別有兩批研究者對所謂「噪音本身具有麻醉效果」這一論點提出批評，他們由實驗結果上認為噪音本身並無法使一個人的痛覺閾提高，亦即無法使一個人忍受比平常時多的痛楚，假若噪音真的在牙科手術中獲得效果，那可能是因為噪音能使病人轉移注意力，而不集中精神在想「痛」這一回事上面，因此得以減少痛感，但並不能就說噪音本身具有提高痛覺閾的作用！

這是一種「眼前無路想回頭」的心態。科學研究者往往發現某類研究題材，已到了山窮水盡的地步，往前看去黑黝黝一片，好像是個死胡同，比較有彈性或比較沒有信心的人，就興起了「眼前無路想回頭」的念頭，看看是不是還有其他辦法可以來醫治這些疑難雜症，因此可以說像超越冥想（Transcendental Meditation, TM）、生理回饋法（Biofeedback）、超心理學（Parapsychology）、音樂的醫療效果等，都可說是這種「眼前無路想回頭」心態下的產物。對這些想走其他途徑的尖端人物，我們應給予適度的信心與讚佩，但更希望他們要以證據為立論依據（evidence-based），預防太早一頭鑽進去而走火入魔。

情緒、共鳴與音樂

音樂何以會產生人心的共鳴？音樂在現代何以有古典樂與搖滾樂或其他音樂形式的對立？

1.音樂與情緒的關係。究竟是音樂引發情緒或者情緒引發音樂？這是一種音樂起源論的問題。考諸文獻，有兩種說法值得參考，一是東漢《毛詩大序》主張「詩者，志之所之也；在心為志，發言為詩。情動於中，而形於言；言之不足，故嗟嘆之；嗟嘆之不足，故永歌之；永歌之不足，不知手之舞之，足之蹈之也。」另一為梁朝鍾嶸《詩品序》則主張「氣之動物，物之感人，故搖蕩性情，形諸舞詠。」這兩種說法有些不同之處，我不想多作討論，其共同點是都認為一個人先有情緒（可能是內在自己引發的，如《毛詩大序》所說也可能是由外在環境所刺激引發的，如《詩品序》所言），然後才有音樂作品的產生。因此當我們說某一音樂作品祇有骨架而無血肉時，我們其實是在說作曲家沒有把情緒融入所要創作的作品，祇依其邏輯的作曲程序而完成一首曲子。由情緒而引發音樂作品，這是站在作曲者的立場，至於聆賞者則程序剛好要反過來，亦即一篇音樂作品能適當的引發我們某類情緒，而這類情緒有可能是作曲家想亟力傳達給聆賞者的，如此就可說有了成功的交流。因此，在評價一位樂團指揮的成就時，往往會著眼在他是否正確的詮釋了一個作曲家所要表達的心境與情感。

2. 何謂「共鳴」？在此處之「共鳴」按其字面上意義，應是指音樂所要表達的情緒狀態，剛好與一個人當下的情緒相同或類似，以是有所感應而生共鳴。但這種說法好像與事實不太符合，因為依照經驗，我們可以欣賞很多類文學藝術作品，且能有所感動，譬如閱讀莎士比亞劇本、聆聽貝多芬音樂、吟讀杜甫的詩歌等。祇要是好的文藝作品，不管利用視覺或聽覺，在某些程度上都會引起共鳴，而非侷限在少數幾類剛好描述目前情緒狀態的文藝作品。因此，「共鳴」現象似乎需要重新加以定義，每一首具有「具體通性」的好曲子應都會引起共鳴。「具體通性」（concrete universal）是黑格爾提出來的名詞，若依照亞里斯多德的說法，可以這樣了解：在具體的個別事務之模倣中，表現出帶有普遍性和永恆性的共相。因此一首詩、一首曲子，若具有具體通性的特色，則它處理的是人性共通的經驗，因此對一個知道如何體驗生命的人，這一類作品應會引起他的共鳴，縱使它們所處理的並非這個人當下的情緒內含。

3. 音樂有沒有高級低級之分？你若拿「古典樂高級還是搖滾樂高級」這種問題問人，很多人可能會說古典音樂比較高級，意思就是說搖滾樂比較低級。這種回答好像是將「內容」與「形式」混在一起，而且偏向「形式」的成份居大。這就像你問人「舊詩高級還是新詩高級」時，也會得到相同的結果，很多人認為古典樂或舊詩所用的技巧是較高級的，因此連帶的認為在「內容」上也是如此。就「內容」上看，一篇音樂作品如果表現出來的，是對「偉大的問題」發問或有所體驗而得的結果，這首曲子就應該是高級的音樂，至於它是否曾向偉大的問題發問，可從曲子或歌詞中找到答案。至於什麼是「偉大的問題」，就見仁見智了。我們可以說貝多芬的《命運交響曲》是高級音樂，因為它處理了「命運」問題；也可說舒伯特的室內樂作品《死亡與少女》是高級音樂，因為它處理了死亡與年輕生命的問題；舒伯特的《鱒魚鋼琴五重奏》也是高級音樂，因為它表現了生之喜悅。準此原則，搖滾樂也有很多高級作品，如 Bob Dylan 的〈時代正在改變之中〉，敏感察覺到現代社會正在急遽改變的事實，如 Paul Simon 的〈寂靜之聲〉，控訴世人沉淪於感官文化，過著「視而不見，聽而不聞」的生活，神的光輝已被霓虹燈炫人的色彩所遮掩。

接下來討論「形式」問題。形式是隨時代、文化而演進的，縱使舊詩或古典樂，本身都有很多形式上的演進，如舊詩從四言、六言、五言、七言，又有古詩、樂府詩、律詩、絕句等變化，但形式的不同不會影響對其內容偉大性的評價，如《詩經》是四言體，但不會因此認為它就比流行的五言或七言律詩來得差。同樣道理，也不能因為搖滾樂往往一首曲子祇有三、五分鐘，或主題沒有輪迴變奏出現，就一口認定搖滾樂比不上有大樂章與嚴謹形式的古典樂曲。T. S. Eliot 說：「我們的文明含有高度的變化性和複雜性，這種變化性和複雜性，能在一個高尚的、敏感的人身上產生不同複雜的效果。詩人的手法必須更為廣涵、更為暗諷、更為間接，以便迫使語言來切實表達他的意思。」他的想法是，時代既然不同，則文明的內容也有所改變，在這種時候就不能再堅持以前那套僵化固定的形式，而應錘鍊出適合這時代特質的形式，以表達出當代文明的重要問題。

（1979）

洛夫的〈白色之釀〉與〈邏輯之外〉

〈白色之釀〉　洛夫（一九七〇）

把這條河岸踏成月色時
水聲更冷了
我便拾些枯葉燒著
且裸著身子躍進火中
為你釀造

雪香十里

（原載詩宗二號《花之聲》）

構造分析

本詩頗有寫實味道，詩中的時間性與時序甚為分明，「把這條河踏成月色時／水聲更冷了」表示已過了不少時辰，之後的「拾葉」、「燃燒」、「躍身」、「釀造」等動作，都在時間序列上占著井然有序層層而來的位置。在空間性上，「白色之釀」似在鋪陳荒野中有一孤獨但熾熱的詩心在踴躍著，在一龐大靜默而且冷清的背景下，動態的個體兼以「膜拜」、「論交」、「契合」、「獻身」等不同方式，配合出一組愉悅動人的意境。

多重歷程分析

1. 擴張的過程

審視〈白色之釀〉，可發現其本來含義與合理擴張後的含義約略是這樣的：

第一階段：特定個體↑↓特定情境

第二階段：（擴張後的，隱含的）普遍個體↑↓自然

圖中的箭號（↑↓）表示一種存在的關係、一種可資函應的過程。「特定個體」

表示作者本身的靈與肉；「特定情境」則為一種暫時性的、可引發詩人驅使靈肉做進一步奉獻的情境，在這種情境裡有月光有水聲也有火光照亮著荒野的夜。「普遍個體」則指一般有這種詩心的個體；「自然」則為一形而上的、基本的、普遍的情境，正所謂「何處不可結廬」的情境。

2. 交融的過程

〈白色之釀〉在未經聯想前所包容的月光、水聲、枯葉、靈肉、火光，本為互相獨立的片段情境，但在組合成為意象的過程中，藉著「交融」（經由深夜踱步、沉思、燒枯葉、裸身等感官歷程，透過詩心而構成一形而上的世界），而將這些自然界的現象變為人文世界中的一個生動的意象，互相之間蘊生出節節相扣的相關性。

3. 奉獻的過程

「奉獻的過程」在〈白色之釀〉中占了最重要的地位，構成了該詩的必要條件（A蘊含B，則稱B為A之必要條件，稱A為B之充份條件）。

在「將河岸踏成月色」前，詩人也祇不過是凡人之一而已，不足以言所謂「形而上的獻身」，不足以謂「詩心與自然之交融」，其所以能由凡人而有「白色之釀」，完全是詩人在深入思考後，繼而有「奉獻」之念所孕育而成的。此種行為若欲做個比擬，可以宗教家在信念驅使下獻身的情操做為比附。此詩所蘊含的奉獻純粹是形而上、隱晦不明的，由於「奉獻」的概念在此處是一介入架構，而且在常識層面上，奉獻應當祇是「付出」而不期望「獲得」，但在該詩最後兩句「為你釀造／雪香十里」，卻顯然有期望獲得之意，故與「奉獻」的常識意義頗有矛盾之處。

（《龍族詩刊》五號，一九七二年）

〈邏輯之外〉　洛夫（一九六四）

你知道河流為什麼要緊緊抓住兩岸
因為它們只有一種死法
儘管渡船在兩者之間沒有選擇
我們寧可分配到一枚燒夷彈
而不願聞落日的焦味

活著就註定要吃那要命的十四行
翻到最後一頁還有他媽十四行

這是公墓，其中僅埋葬一個人的聲音

迴響在心中，鷹旋於崖上
倘若是芒刺，就讓它與血相愛
倘若是罌粟，就讓它在唇上微笑
詩人的存在哲學就是不想死

（原載一九六四年《藍星年刊》）

這是一首描寫生命、愛情兩種原型觀念的現代詩。生命用現代的事件（戰亂、現在發生的戰爭）來顯示，愛情則是用古代的事件（十四行詩，寫情詩的代表性詩體）來顯示。從此詩的行本身、行與行間、行與節間、節與節間看來，該詩的語法結構是一種選擇句式（disjunctive），但在選擇句式中又隱藏著條件句式（conditional）。詩人採取了最常見的二選一形式，避免了多重選擇所可能帶來的紊亂，是明智的作法，但在這種形式下，卻有些曖昧性的語句與結構，使得這首詩在欣賞時帶來了一些難以解答的疑問。

1.所謂「一種死法」的問題。究竟是一種什麼死法？從詩中合理的引申應有兩種可能，一種是衝撞「兩岸」而死，亦即「河流」這個主體衝撞「兩岸」而死的意思；另一種是直奔大海（亦即在一種死亡本能招引之下，直奔生命的源頭而死）。所以當作者宣稱「只有一種死法」時，我們卻猶自不敢斷定是哪一種死法，何況後面那種死法似乎還比較雄辯、高貴一點。

2.所謂「兩者」的問題。第三行說「儘管渡船在兩者之間沒有選擇」，這個「兩者」究竟其意何指？照理說詩中很明顯的指出是「燒夷彈」和「落日的焦味」，亦即這一個「渡船」寧願被「分配到一枚燒夷彈」而自毀其身，也不願聞到「落日的焦味」而使生民塗炭，這「兩者」顯然有小大之分、小我與大我之別。但事實呢？還有另外一種可能，這可能是由於接近律（law of contiguity）的影響，細心的讀者會順著或依照句子的邏輯性，而想到這「兩者」可能是其一為河之兩岸，「渡船」像「河流」一樣抓住「兩岸」而死；另一就是在「燒夷彈」與「落日的焦味」中選一種。這一種句法並非不可能，英文語法就可見到，當然中文語法是比較少見。

於是「兩者」與「一種死法」這兩個曖昧的數量單位，使得這首詩顯得相當難以理解。若詩人是有意藉由上述所提的曖昧句法，而達到一種歧義的豐富複雜性，或讀者能夠欣賞詩人這種安排的話，則自也是一種漂亮的處理方式。問題是若詩人並無此意，讀者也不習慣這種「超邏輯」時，詩作者應如何自解？

3.第二節第二行的「最後一頁」，是否與第一節的「一種死法」、「選擇」等有相通之處？不見得，因為第一節主要是討論生命，第二節則講詩本身，當然詩也可歸併到生命去，但這裡似乎是分離的兩個主體，這樣的看法是否與本詩的語法相合？同理也可問說，這首詩裡的一些角色如人、鷹、船、河流等活動主體，是否有一可供聯繫的關係？從這首詩恐怕很難答覆這個問題。

4. 生命與愛情這兩個原型，似乎很獨立的由第三節第三、四兩行單獨處理了，很難將它們併在第三節一齊考慮，更難將之併在全詩一齊考慮。但綜觀之下，又覺得「血」這一個意象，應該跟第一節的爆炸燃燒與死亡連接起來考慮，「唇」又應與第二節的「十四行」連起來考慮。所以讀者可能會因為在這種「事實上是如何」和「理論上應如何」之間不能確定，而感到焦慮不安。

5. 「鷹」的問題。假若作者要強調的是一個人的孤高與氣勢，那就不必用「鷹」來陪襯，若是用「鷹」來陪襯，那就顯示這個人想自比於「鷹」或利用「鷹」來傳遞第三節第三、四兩行的訊息。顯然作者想達到的意境是屬於前者，但由於「鷹」的安排，使得後者的可能性大為增強。

上述大半都是著重在語法結構上的問題。從全詩看，詩人相當強調一種「選擇」的過程，像在處理生命與愛情時，就發現其太過兩分，以致讓人覺得生命是生命愛情是愛情，兩者亙古不相期，進一步更會覺得何以兩者不分別在兩首詩裡處理，那可處理得更堅實一點、自圓其說一點。但這是下策，上策應當是將這首詩的主題修正為「沾著血談亂世的愛情」，然後完全用現代的事件來處理這個主題，使得時空的觀念更易把握，這樣的話或許可使這首詩顯得更沒有矛盾、更深刻一點。不過這首詩的名字就叫作「邏輯之外」，看來我是落得太過邏輯了！

（《龍族詩刊》十三號，一九七四年）

席德進致莊佳村書簡之心理分析

我膽敢對即將披露的《席德進致莊佳村書簡》，發表一些心理學上的觀點，有幾個前提在：

1. 經造訪信簡持有人及版權所有者，深信並無法律上之問題。
2. 本地對同性愛情的社會壓力並不明顯，整體看來是持一理性態度，社會壓力與社會規範相當適度，不鼓勵同性愛情，但也不過分壓制；反而同性戀圈內人士相當考慮到這股無形的壓力，並不輕易表露自己的性別偏好。因此《席德進致莊佳村書簡》的發行，可能涉及社會倫理與私德的問題，據信簡持有人表示已經席德進生前同意，且其信簡中亦表示願意披露，以讓世人了解其波瀾壯濶之一生。
3. 對文學家、藝術家與思想家，在其死後進行謹慎的心理分析，在歐美社會並不構成「醜聞」，而且也不至於構成對其作品的不信任與卑視。若干有名的藝術家在其生前或死後，被判定為雙極性情感性精神病（躁鬱症），並不妨礙其作品之受人喜愛，本地陳達被認為有老年性精神病，但亦不減懷鄉之人對他所曾有過的一陣子狂熱，有修養的人衹會抱持一種惋惜的心情，興起「斯人而有斯疾也」的浩然之嘆。畢竟，人世一切無常，衹有作品是永恆的。

4. 信簡乃是心態想法之最直接表露，正襟危坐的析理文章，是維繫社會正常運作的基石，但隨手幾筆的信簡更見文采，且直逼人性，可與作品相輔相成。信簡不一定能幫助我們了解其作品的價值與意義，但至少能引起我們的親切感，與想進一步了解他的意願，而且有助於我們感受到其創作過程中的痛苦與狂喜，希望由於《席德進致莊佳村書簡》的發表，有助於文藝界的創作者，能更坦誠的交代自己，在交代的過程中，其實也有助於創作者重新面對自己，重新檢討自己以往建立的系統。聖．奧古斯汀與盧梭的自我表白，不僅感動了後代，也成就了他們一世聲名。

徐志摩與席德進

民國以來，在種種社會壓力下，所發表最有特色的情書，一是徐志摩的《愛眉小札》，一是即將出版的《席德進致莊佳村書簡》（已於一九八二年出版）。徐志摩在民國十一年甘冒各方指責，提議與原配離婚，結果在他與陸小曼的婚禮上被他的老師梁任公當眾指責說：「徐志摩，這個人，性情太浮，所以學問作不好！」但他仍保持其理想主義的浪漫色彩，毫不後悔的表示：「我將於茫茫人海中訪我靈魂之伴侶；得之，我幸；不得，我命，如此而已。」在他的《愛眉小札》中，處處可見情書的標準內容：

1. 創作與生活上的教導（因為當時徐已是名人）：

「我恨的是庸凡、平常、瑣細、俗；我愛個性的表現。」「萬事只要自己決心；決心與成功間的是最短的距離。」「世界多的是沒志氣人，所以只聽見頑笑，真的能認真的能有幾個人；我們不可不格外自勉。」

2. 約其同遊：

「總有一天我引你到一個地方，使你完全轉變你的思想與生活的習慣。」

3. 感情的表白：

「你看看地上的草色，看看天上的星光，摸摸自己的胸膛，自問究竟你的靈魂得了寄託沒有，你的愛得到了代價沒有，你的一生尋出了意義沒有？」

「你為什麼不抽空給我寫一點？」

徐志摩與名女人陸小曼再婚，但當時仍年輕，且年齡相差不大，他們的情書給人以美的感覺。席德進在一九六三年赴紐約時，在台灣已小有名氣，一九六三到一九六六之間陸續在紐約、巴黎、慕尼黑、羅馬、雅典、香港，過其國際流浪藝術家的生涯，這段期間勤於寫信給一個二十來歲高中畢業在軍中服役的年輕人（年齡差距應有二十歲之多），大約三年之間寫了六十六封信，估計不到三個禮拜就往返一封國際信簡，可謂頻繁。他的信簡內容除了包括創作與生活上的教導、約其同遊、感情的表白外，尚有國際流浪生涯的心聲、對鄉土的懷念與擁抱、希望被注意與了解及同性愛情之暗示。他的老師林風眠先生若知道他的生活，不知是否會像梁任公般的曉以大義，但可以肯定的，席德進也會像徐志摩一樣至死不悔的。

將徐志摩與席德進並列，其實並不恰當，但筆者的意思祇是想說明一點：席德進的信簡其實也是一種情書。

書簡的內容與動力

席德進以一當時小有名氣的畫家，流浪國際三年，無親無故，可以想見其寂寞與孤獨，剛好在國內初識一位他喜歡的年輕人，以其當為談天的對象。由於兩地隔離，不免加上想像，對這個年輕人產生一種奇特的感情。可能在以前席德進年輕時已有同性愛的傾向，以致對年輕人漸漸發生一種遙遠的同性愛情，但苦於無法在信簡中交代清楚，於是昇華其愛的衝動，勉其上進。這段期間，支持其持續通信的原動力，可能是因為對其同性愛情對象之渴望與對台灣之懷鄉情緒，而後者則是依附前者而存在的。

要對其信簡的內容與動力作一番探討，勢必引用原信片段，由其信中可看出他並不反對將這些信件公諸大眾，他說「我給你的信，像是我的日記、我的自述、自傳，將來有一天，我死了，人們若想知道我，他們都可以在這些信中，來找到我真正的面目。」有了這段話，及文章開頭所提的理由，我才比較敢於列出這些信簡內容的主要分類及其樣例：

1. 創作與生活上的教導

「但是我們決不能輕視那種種新的嘗試，新的創造是經過否定之後而產生的。」

「當心，不要作別人的傳聲筒，自己的思想、自己的觀念形成，得多讀書，然後自己立觀點。」

「一個人應常常提醒自己不要往墮落的路上走，要時時反抗自己的劣性、墮性，時時挽救自己。」

「我常常覺得一個人生活，就應該是轟轟烈烈地過一生，成功與失敗都不是我們的目的，目的是生活本身。我們生活中要有光彩、有起伏，具戲劇性，不是呆呆地躲起來。」

「我的老師林風眠就曾告訴我們：你們要改行，離開學校之後就馬上改……我希望在你們之中，有一、二個人能始終繪畫，那麼，我在這兒教的就沒有白費。這話曾打動了我心的深處，我暗自流淚，曾對自己說：我將來要永遠不捨棄繪畫，你教我們不會白費。」

「一個畫畫的人，首先決定於觀念，觀念一錯，所畫也是糊塗，技巧而已，人云亦云的東西。畫面上的學問，學來容易，但是一個沒有中心思想，沒有目標的畫，便是裝飾品。畫上的思想是培養出來的；是從讀書、研究，對人生、社會、對歷史、對自然而培養出來的，這不是一下可以學來的，這是從生活的經驗中累積而成。」

2. 感情的表白與約其同遊的期待

「你是知道我對你的感情的，而且會永遠如現在一樣地對你，目前能像你這樣的朋友和我通信的，還沒有第二位。」

「今天——是我的生日——在這個世界上，沒有什麼人知道今天是我的生日，當然除非是我父母、兄弟、姊妹們還在——」

「我想我們已離得很近了，我們相見的日子，也快了。」

「南寮的防風樹、紅色農家、漁村、海岸，我依然懷念，希望有一天，我們會在那兒一起散步。」

3. 希望被注意被了解

「你看了我寫的文章之後，作何感想，最好老實地告訴我，我想知道你的反應。」

「我這一生都夠我寫幾本書，很有趣，我希望你把我給你的信，全部保存好，將來也許我需要它來幫助我寫回憶錄的。」

「——也未把我的畫實實在在批評一下，我總覺得別人寫我都不夠透徹——此人批評畫家最深，他不曾見我一幅原畫，只根據我那本畫集——我認為寫得很好，把我的毛病都指出來了；只可惜他未真正面臨我的畫，所以我畫上的好處，他是不大知道的。」

4. 國際流浪生涯的心聲

「我失去了信心——我像失去了目標，手足無措似的——」

「——這種生活正是我目前精神苦悶的良藥，否則我不自殺（我決不會的）也會精神錯亂——」

「——我覺得我在這世界上是多餘，沒有人僱用我，沒有工作迫我去完成，一切都要我自己選擇、自動——我到底在追求甚麼？——」

「——我留下來作甚麼？這兒要想與一個陌生人交談、聊聊也不可能，生活非常枯燥，有錢對我又有何用？」

5. 對鄉土之懷念與擁抱

「我現在真想再回到台灣，重過那種靜靜地感受自然偉大的美的生活。」

「——仍想回台灣，畫一些表現台灣的東西，這對我才有意義，因為我深深地愛上了那塊土地、那兒的人，我的生命的血液像與那兒的空氣連接在一起。」

「——我常常想念台灣——我的精神中仍渴求它們的支持——」

「——我需要生活於自己的土地上——從那兒來創造我的藝術——」

「我將來要用我的熱忱在台灣再生活、再創造，我要使台灣不朽。——」

6. 同性愛情之暗示

「——我若不控制我自己，我會瘋狂，或像梵谷一樣的結局，呵！我的朋友，但願我們的愛把我們變得更快樂、更幸福，這世界上仍有人在愛著我，我是有勇氣活下去的。」

「——我一生最大的悲劇，可能就是在這方面的缺憾，因為我追求的難得到的非尋常的愛——」

「你為甚麼覺得我們像師生關係？——但是你在我心中，完完全全是一個我心愛的朋友——有些話，我不好在信上寫給你——」

「在巴黎男人與男人一起的事是極平常的，紐約、倫敦也一樣，尤其是藝術家們。」

「你怎麼戴起眼鏡來了呢？——我對眼鏡似乎有點反感。」

「我常想我倆能在一起——創作我們的藝術，這對我一生，可能最有意義——」

「我想我是與女人無緣——但現在我仍希望我是如其他一般人一樣，有家、有妻有子，過一種『正常』的生活——這是我的悲哀。」

對《席德進致莊佳村書簡》的內容再作發揮並無必要，因為它們都已坦坦白白的躺在那邊，有心人自然會有與我不同的或更好的分類方式。我想說的是，這些信簡確實已具備有情書的形式與內容。對同性愛情的渴望，使他保有創作與持續寫信的原動力，其他分類項目都因為它而有了依歸。對同性愛情與對男性身體青春形象的渴望，使他畫了一些自畫像與年輕的身體，但因為外在與其內在的壓力，他在面對社會規範時仍帶妥協色彩，因此對同性愛情的喜好與渴望，並沒有充分表現在創作的作品內容上，另一方面也因他喜愛自然界的題材，使他的注意力得以不侷限在人體畫上。但是，無可置疑的，同性愛情的支持，可能是促使他繼續不斷創作，以致達其顛峯的原動力。

同性愛情的渴望與藝術創作

藝術創作的價值，正規上應恆由其作品本身所決定，作者本人的心理狀態與生活習性，應祇是幫助欣賞者接近作品的一個邊緣過程，或者是當作心理學家研究創作過程的一個參考，並無法認定對同性愛情的渴慕，與創作作品的形式及內容之間，必定有其因果性的關係。至於因為性的渴慕會提供創作的原動力這一點，則有些人認為是有可能的，而且它們有時會伴隨一齊出現，它們之間的關係也不一定就是佛洛伊德所說的「昇華」作用，亦即將性慾力昇華為創作的原動力；它們之間的關係，可能是因為人的激素（荷爾蒙）系統具有擴散性，性的需求旺盛者，其他類型的活動亦可能顯得精力蓬勃，這對自由創作所需的想像力與瘋狂的持續工作，顯然極有幫助，畢卡索對異性戀的高度需求似乎就是一個例子。這種說法仍有其危險性存在，因為任何一個人，都可能舉出有力且更多的反證出來。我寧願將性的渴求與創作結果分開「評審」，讓上帝的歸上帝，凱撒的歸凱撒。這種看法不免是一種「理未易明」的消極心態，但在目前缺乏科學證據的情況下，可能是一種學術上最安全的看法。

自從美國醫學學會、美國精神醫學會相繼認為同性戀者與一般人，除了在性別喜好上有所不同，其他在生理、心理狀態、人格特徵上並無明顯差異後，現在對同性戀的流行看法，認為是一種「性取向的困擾」，而不再是一種精神疾病，一個理性的人所持的態度應是「隨它去」（let it be）。尤其是當一個「名人」（public figure）有了這種喜好後，其所經驗到的壓力遠比一般人更為重大，在這種夾縫中，他還能奮其心志，創作不懈，推出有價值的作品，實在是令人敬佩。讓我們公開讚揚他的好，私下體會他的那股無奈與掙扎吧。

心理狀態與文藝作品的賞析

《席德進致莊佳村書簡》給我的初步印象，是很令我感動的，他在信中談畫談自己，我想假如文藝創作者也能像他這樣談，一定有助於讀者提高對作者或畫家的興趣，再進一步去欣賞其作品。但是這類知識與感受，真的有助於對作品本身的了解與判斷嗎？這點我倒是有點懷疑。

一般人對文藝作品，大概都有不同的賞析重點，歸納起來大約有：1. 作者本人，包括作者的私人生活史、創作的動機等。2. 作者所處的文化環境。3. 作品的形式與內容，如某首詩採用抑揚五步格，是否與其所要表現的情緒狀態悉兩相稱。4. 作品的價值認定。心理學觀點往往會著重作者本身，分析這個人的早期生活環境、這個人的特殊心理狀態，以驗證作品的內容是否為作者人格狀態的投射。心理學對文藝賞析所提供的知識，大概以下列兩者最廣為人知：

1. 心理分析

佛洛伊德在一九一〇年首度聯結藝術與心理分析，認為達文西是一個有強迫傾向的精神官能症患者，認為達文西所以能畫出《蒙娜麗莎的微笑》是因為：a. 將性慾力昇華為研究動機。b. 對其母親長期壓抑的強烈愛意的解凍。佛洛伊德對創作與賞析的主要觀點，大約是：a. 創作者是具有強迫傾向的精神官能症患者、白日夢者，藉著他的創作、幻想的活動與技巧，使其潛意識慾望（如攻擊與性，重點在「性」上面）獲得紓解，得以將其低下的慾望昇華為高級的藝術活動，以避免精神的崩潰與令人不愉快的治療。b. 欣賞者則在賞析作品時，融入其中，產生淨化情緒的效果。這套說法近年來由於受到心理分析學派內部的反動，及若干神經生理學的新證據，而受到了挑戰。由上文的分析也可看出，若純以「昇華」的觀點來看席德進的書簡，則相當的難以解釋，因為他根本坦坦白白的把對性的渴望，很清楚的寫出，而不是將其壓抑到潛意識中。

2. 創作過程的分析

心理學家對創造力的研究，本身是一專門領域，不一定與文藝創作有關。但有一些相關的結果大約是這樣的：a. 非藝術家泰半喜歡單純、對稱、性格上較保守、有組織，有時較為僵硬；藝術家則在處理問題時較傾向於複雜、不對稱，性格上較激烈、有反叛性，大部分具有原創性。b. 具創造力的人在想問題時，往往有出人意表的結局，且富有幽默或暴力等特性。由這些觀點來看席德進的信簡，無疑的可以發現他真是一位有高創造力高想像力的畫家。

但是，心理分析與創作歷程研究的結果，雖可提供我們在欣賞作品時，與作者本身有關的趣事，但它們實在無法解決什麼真正的文學問題，這種作法在 Rene Wellek 與 Austin Warren 這些「文學理論」主張者的眼中看來，是屬於一種以作品的根源（如針對作者本人）來評估作品的，所謂「根源性謬誤」（genetic fallacy）。譬如有些紅學研究已走入專業學術範圍，也是犯了根源性謬誤，對文學創作或賞析助益有限，以致引起余英時先生寫出〈《紅樓夢》的兩個世界〉、〈眼前無路想回頭〉，及宋淇（林以亮）先生的〈論大觀園〉，這類文章才可說又把紅學帶進文學領域。

抱持一種「同情的了解」

因此，在評閱席德進的信簡時，無法全部走分析性的路，對他的信簡理應抱持一種「同情的了解」，否則無法理解他的痛苦與狂喜。同時也不應犯了根源性的謬誤，以為可以由他的一小部分私生活及心態，來了解與評估他的作品。我們應該讓上帝的歸上帝，讓凱撒的歸凱撒，公開讚揚他的好，私下去體會他的無奈與掙扎。

（一九八二，《聯合月刊》）

後記

畫家席德進於一九八一年八月過世，是國內外藝壇大事，聯合月刊社於隔年

（一九八二）出版《席德進書簡——致莊佳村》一書。本文係當年應邀為該書所撰之導讀文章。最近幾年長住台中，多次造訪國美館，在典藏名家作品的常年展示室中，總是會看到席德進以莊佳村為模特兒的名畫《紅衣少年》，高懸其上，心想人生真有諸多巧合。

時隔三十幾年後，有關同性戀之基因研究與臨床醫學，雖有進展及變化，但大體上尚無需要修正本文主要論述之處。底下稍作補充。

Dean Hamer 等人在一九九三年七月的《科學》周刊上發表研究成果（Hamer, Hu, Magnuson, Hu, & Pattatucci（1993）. A linkage between DNA markers on the X chromosome and male sexual orientation. *Science, 261*, 321-327.），並結合之後的相關研究，以家庭親族與基因研究當基礎，主張性取向之偏好，有其遺傳性在；另外對男性同性戀者而言，X 染色體（如 Xq28 之基因位址）可能有一部分之遺傳貢獻。該類研究在當年頗受矚目，惟因類似資料不易複現或複製，在科學上暫時擱置爭議。

DSM（Diagnostic and Statistical Manual of Mental Disorders，精神疾病診斷與統計手冊）是精神醫學界最常用的研究與診斷手冊，經常與 ICD（The International Statistical Classification of Diseases and Related Health Problems，國際疾病分類）合併

使用。在一九六八年前，DSM第一與第二版都將同性戀視為一種性偏差的疾病，一九七三年後，美國精神醫學會（APA）將其修改為「性取向困擾」（sexual orientation disturbance，以主觀上是否形成本身之困擾為判準）。一九八七年後的DSM-IV與ICD-10臨床診斷，已不再將同性戀納入「性偏好異常」之大項下，但在當事人有性取向上的持續及顯著之壓力與困擾時，可斟酌考量是否將其診斷為未能具體分類之性異常。

（2015／7／11）

輯三——

師友人物志以及
從沒停止過的思念

書文四折不只是遙遠的記憶

一、「折柳」與故國家園之思

胡昌智是我曾讀過一年的台大歷史系學弟，在東海大學歷史系當教授，後來出任國科會駐德科技組職務多年，我與他在國外有過多次同訪同遊、公中有私的安排及聚會。先是在國科會人文處任職時，在他協助下，與捷克、波蘭、斯洛伐克三國科學院，分別合辦雙邊研討會，並在歐洲出版專書論文。有一段期間劉兆玄任國科會主委，也一齊前往，並到維也納等地交流，當然要去麗泉宮（或稱熊布朗宮）等指標地景，在這些UNESCO文化遺產之地留下很多我們獨創的蹲姿，眾鳥同樂。我與幾位學門召集人，也曾一齊到波昂昌智的科技組所在地，訪問德國科學基金部門，之後轉訪瑞士伯恩人文研究委員會與附近幾個大學，順便看看少女峰。

我在教育部服務時曾安排訪歐，當時胡為真駐德（代表處在柏林），幫忙約了洪博大學（舊柏林大學）及自由大學校長們見面，昌智那時常到柏林，得以再次相見。科技組因昌智兄的奔走，得以於一九九六年將它從法蘭克福搬進波昂的德國學術中心大樓，兩德合併後政治中心移往柏林，我們的外館當然跟著遷去柏林，依外交業務統一指揮原則，科技組本也應跟著遷移過去，但德國的科技行政中心在兩德統一後，因特別的均衡考量仍以波昂為中心，昌智兄遊說國內當局同意讓科技組繼續留在波昂，方是正辦，因此科技組目前仍駐守波昂。在柏林期間，我們相約一齊到 Pergamon 博物館，好好地看了巴比倫出名的大壁畫（以神聖藍色釉磚拼貼而成的鑲嵌畫，經常以獅子或其他行走動物為主題），並了解故宮即將前來的展出。後來我到中國醫藥大學任校長，他改調倫敦，曾會同樊太平教授一齊安排，到劍橋大學與他們的副校長及幾位教授見面聚餐，其樂融融，就像過去的日子一樣。

底下是我們在一九九七年九月從瑞士伯恩前往少女峰途中，火車沿途湖泊與山區交錯轉折，應是在異國湖邊驚見柳樹翩翩，由於我們都與歷史系有不同因緣，因此不經意地談起「折柳」一詞，所引發的一段對話。當時手邊沒資料，那時不習慣也沒有可以上網的手機來做 Google 搜尋，所以留待返台後再做考證，並於同年十月初回信如下：

先與你風花雪月一番。九月中在伯恩旅次我們所關心的「折柳」之意，經查係來自李白的〈春夜洛城聞笛〉：

誰家玉笛暗飛聲？散入春風滿洛城。此夜曲中聞折柳，何人不起故園情！

李白很喜歡又是吹笛又是折柳的，我另外調出他其它三首如下，以供進一步討論：

1.〈塞下曲〉其一：

五月天山雪，無花只有寒。笛中聞折柳，春色未曾看。
曉戰隨金鼓，宵眠抱玉鞍。願將腰下劍，直為斬樓蘭！

2.〈折楊柳〉：

垂楊沸淥水，搖豔東風年。花明玉關雪，葉暖金窗烟。
美人結長想，對此心悽然。攀條折春色，遠寄龍庭前。

3.〈與史郎中欽聽黃鶴樓中吹笛〉：

一為遷客去長沙，西望長安不見家。
黃鶴樓中吹玉笛，江城五月落梅花。

同時代的詩人看起來在吹笛與折柳這個主題上，有相同的癖好，杜甫也有類似的詩作，如其中一首七律〈吹笛〉：

吹笛秋山風月清，誰家巧作斷腸聲。風飄律呂相合切，月伴關山幾處明。
胡騎中宵堪北走，武陵一曲想南征。故園楊柳今搖落，何得愁中卻盡生。

不能再吊「詩袋」了，回來談談「折柳」本意。依我看，其意甚為多元，引申義亦多，略以下列數義明之：

1.〈折楊柳〉為鼓角橫吹曲。梁樂府有〈胡吹歌〉云：

上馬不捉鞭，反拗楊柳枝。下馬吹橫笛，愁殺行客兒。

依此，則曲中聞折柳，乃係表達自己的故園之思，蓋非送行之意。

2. 折柳時間按李白的〈塞下曲〉其一，亦可為五月春色起故園之時，其折可為風折、手折，一到入秋則已搖落不堪折矣。「故園楊柳今搖落」乃係入秋之時，正如〈落梅花〉（亦為古笛曲，笛乃羌樂）在五月之時。折落乃風吹趁夜色之結果，故園滿地楊柳的回憶正足以起故國之思。

3. 「折楊柳」可引申為懷念之意，如「攀條折春色，遠寄龍庭前」。

4. 雖無詩句可資援引，但在送行之時折楊柳以送君，亦可表達促思故園故人之意。但「羌笛何須怨楊柳，春風不度玉門關」之句，則表示送行未嘗送至邊界，味道差些。不過「上馬不捉鞭，反拗楊柳枝」，似又不一定不能就在故園折楊柳送行，或者自折包藏懷念。

是故，「折楊柳」之義甚為多元，可以是笛子吹奏中的曲子，可以是實際的攀折，也可以是出外人在夜色或月色之中難以壓抑的強烈回憶，究竟哪一義境界較高，殊難判斷也。發生時地以哪一種較合適、由誰來折楊柳（羌笛、自己、風、美人、親朋），皆不必先有定論。但不管如何，「故國家園之思」應為共同主題。

就不扯了，下次到布拉格碰頭時，再給個一句一詞，讓我過過爬梳考證引申的癮頭。華沙亦有拜會科學院「文學研究所」（Institute of Literary Research）之行，與熟識所有重要波蘭文人及詩人的窩窩頭見面，也許時地兩相宜，那時可再相互消遣一番。敬祝大安。

（1997 / 10 / 3　2017 / 1 / 31）

二、李魁賢晚年想走里爾克之路

世界詩人大會副主席李魁賢寫過不少造訪異域的心得與詩作，顯然他是一位喜愛旅行，並經常從旅遊中獲取靈感的詩人，我與他寫了兩封交換心得的信件：

1.有些心理學史的書在說到當年格式塔心理學如何被創建出來時，都會提到一位學者在德國境內旅行到萊比錫時，晚上在火車上想到了假象運動（apparent motion）的現象。正如霓虹燈泡雖然固定安裝在不同位置，但若開燈，而且每個燈光的閃現時間有點不同，這時就好像會看到連續跑動的燈流，仔細一看才發現每個燈泡其實都只是在原地閃動，是我們的視覺與大腦系統，將這些個別閃動的燈光連成主觀的一線，這就是假象運動，因為實際上外界的燈泡並沒有動。大概他覺得這是一個重要的靈感，需要馬上弄清楚，所以當晚就在該站下車找間旅館，想出了「部分知覺的總和不等於總體的知覺」該一影響深遠，可稱是格式塔學派最基本最重要的原理原則。「部分知覺」就像在原地閃動的燈泡，「總體知覺」是連續跑動的燈流。所以我想里爾克一定也有過這些歷史的偶然，幫助他寫出一些影響深遠廣被傳誦的重要詩行。艾略特在創作〈荒原〉時，一定也沿途看了不少一次大戰之後的遺跡，才獲得靈感的。但是搭飛機大概是找不到靈感的，外面天上是一片空無，沒有人間之痕。

2. 李魁賢二〇一四年去智利開詩人大會，讓我想起十年前的智利之行。二〇〇四年四月曾到智利首都聖地牙哥參加 APEC 教育部長會議，印象很好，順便參訪聶魯達（Pablo Neruda）生前在半山腰居住的一間房子（La Chascona 故居），那裡已變成旅遊景點，也賣其他詩人的作品，我在那裡買了一本 William Blake 的詩集。走訪智利大學開會時，也弄清楚在那裡教過書的米斯特拉爾（Gabriela Mistral），曾對聶魯達影響深遠。更有意思的是，兩人都獲得諾貝爾文學獎，可見不只學術有傳承，文學創作也可以得利於這種優良傳統的。預祝魁賢兄智利之行收穫滿滿，假如能順便到秘魯的 Cusco 與 Machu Picchu 一遊更好，那是一個會讓人在恍惚之間上下幾千年，令人詩情大發的地方。

三、蒙古高原上愛鬥嘴的小女孩

二〇一三年十月因為推薦的一位老師獲得十大傑出青年獎項，特別前往觀禮，赫然發現久未見面已從台大退休的老朋友林曜松教授，出席替他女兒領獎。我後來給他寫了一封信：「真是意外的驚喜，一是赫然發現馬上要被頒獎的蔚昀，不就是十六（？）年前在戈壁沙漠上心思靈活，一路上與我們鬥嘴的小女孩嗎？二是發現你們代表蔚昀過來。蔚昀的成就真不可限量，我們若有機會應多參與她們的活動，本領當然是她們的。我兒子本來做生化與病毒，現在已經是專業音樂製作編曲，與流行音樂及爵士樂演奏的行內人，所以我多少了解你們的心情。有一次與台大同屆從你們動物系畢業，現還在Stanford做生殖醫學研究的薛人望提起這件事，他說我們不就是為子女而活！寄上三本書共兩套到台大生科系，希望你能收到，我發現三本書都曾提到我們的戈壁之旅，因此特別折頁供參。其中一首詩〈日與夜的對話〉，多講了幾句戈壁沙漠深夜凌晨的星空，以及天文現象的流變，希望給你們一點回憶的線索。」

曜松兄很快回信說：「時間過得真快，我們大概是十八年前去戈壁沙漠的，當時蔚昀剛小學畢業，如今她已在波蘭落籍，而且小孩也快三歲了。近三年她每年回台灣二至三個月辦理推廣波蘭文學的活動，今年十一至十二月要出二本波蘭文詩集翻譯，並參與台北詩歌節活動，之後又要去澳門八天辦文學活動（九月下旬曾去香港參加文學活動四天），忙碌得很。如今我得幫忙帶外孫且每日做晚餐，真的如薛人望所說，我們不就是為子女而活！」

很巧的，我們因事到克拉科夫（Kraków），蔚昀就住在城內，又已出版辛波絲卡波蘭文詩集的中文譯本，得到波蘭文化界很大的注意。這次難得再見面，已歷二十年矣。

（2016 / 1 /17）

四、一位誠懇學者的奉獻之書

以前我讀盧梭、富蘭克林，與 John Stuart Mill 等人的自傳時，總覺既有趣又具啟發性，因為他們在個人經歷與時代背景中夾敘夾議，而且從來沒有想到要隱瞞什麼。周院士昌弘兄是我數十年朋友，從當年共同參與國科會及教育部的環保小組與環境教育委員會開始，即常有接觸，因此對他這本自傳中所提到的人與事，與當時所處的時代及學術環境，可說有一定程度的認識，讀完後覺得神清氣爽，書如其人，知無不言言無不盡，他很誠懇地將這本自傳奉獻給師生同事親友，更重要的是對社會的未來有更多期望與建言，對年輕世代常持期待之心。我將這本自傳稱之為「周公的起身砲」，因為這是他在

七、八十歲時所寫的生命之書，寫給還在成長中的學界、社會，與年輕人，因此說的是生命的開始。昌弘兄一生做過很多重要職務，享有很多榮譽，就不細說，但我最近十幾年來喜歡稱他為「周公」而不名，因為親切也。

周公是一位植物生化與化學生態的專家，他在植物的相生相剋作用（Allelopathy or Allelochemical）研究上的成就，聞名國際，這種作用普遍發生在他所著力研究的草原植物、水稻、竹類植物、銀合歡、森林、牧草，與各樹種之上，這是他當選 TWAS 與中研院院士的主要理由。因為這些國際學術經驗，他也是中研院參與國際科總（ICSU）活動的主要且持續的參與者之一，他也積極參與 ICSU 底下的 SCOPE 與 IGBP，還主導促成二〇一六年在中研院主辦太平洋科學協會（PSA）的世界大會。

我出任中國醫藥大學校長沒多久時，剛好周公自屏東科技大學卸任校長，就誠意邀請他來協助創辦生命科學院，並擔任首任院長，在此期間他負責一些台英計畫，並於二〇〇六年開始主持氣候變遷對台灣生態系之衝擊的整合性研究，發現幾個令人警惕的現象，如在氣候暖化下植物會往更高地區遷移，植被則產生變化甚至消失。之後又因為人到了以生醫為主的學校，也將關切範圍擴展到台灣固有植物及純化天然物之生醫應用，包括苦瓜野生種之降血糖功能等項。

最後，周公是一位一直想對社會公共事務提供專業意見的人，最出名的是他在一九八〇年代前後，所積極推動而且做成的淡水竹圍地區水筆仔紅樹林保育工作，他可以說沒有輕忽對待當為一位植物科學家所應擔負的歷史責任。台灣讓人擔心的環境保護與生態保育問題，在過去真的是層出不窮，如他所關心的南橫公路開發、動物保育、農地農用，與八輕的近海生物保育，都是在其專業關懷上應該發聲的公共事務。誠實的周公沒有漏掉這類「造反」紀錄，讓這本自傳增加了很多閱讀的樂趣。謹誌數語，以呼應周公的起身砲！

（2017/8/13）

那段在國科會人文處的日子

國科會的主委們

我在國科會人文及社會科學發展處（現在改為科技部人文及社會科學發展司），擔任三年處長職務（一九九六年二月至一九九九年一月），歷任三任主委。最早的郭南宏為人個性鮮明，認真敢言。我剛到任沒多久，例行記者會輪到人文處，事先已排定且已走完程序，是一份對政府各部門之民意調查，選在總統大選期間公布，確實不甚妥當，發布後對有些部會或單位不利，郭大概被上面點名，在主管會議上大怒要辦人，我誠懇地跟他寫封信說不能如此，這畢竟是學術事務，還是要獨立於政治之外考量，下次再小心一點處理就是。郭從善如流，並將我的信影印給所有人，確實頗有郭氏風格。大選後換主委，交接那天政務委員楊世緘監交，劉兆玄接任，郭說以後他是總統的頭家，要自由自在去了，說完就走，楊世緘趕出去拉他回來，說還沒交接哪。交接之前我帶著同仁造訪，他甚是高興；交接後與同仁（還有前處長鄭昭明）在福華請他吃飯，他晚了半個多小時才到，因為離任後自己開車，前後擔任交通部長、科技政委，與國科會主委的時間有點久，開車的規矩都不太懂了，一段十分鐘的車程足足搞了一個小時。我後來在離任教育部後，曾替台灣評鑑協會負責第一次大學校務評鑑，擔任第一群組國立大學校務評鑑的召集人，委員的選擇有利益迴避問題，非常辛苦，又是第一次實施，找了羅銅壁、徐佳士、劉三錡、蔣偉寧等人當委員，也找了郭南宏，他非常認真專業，大家都非常佩服，這是他一向的個性表現。

在劉兆玄任主委時，老朋友蔡清彥當副主委，我跟他們兩人說，要調整人文處的諮議委員，立了兩個規則，凡出任黨政要職或任期超過兩任六年就換，結果三十來人變成四、五人，他們兩人有點不自在（主委要出具謝函），因為裡面有司法院長、總統府秘書長、教育部長，還有熟識的學術界大前輩之類。我說假如只是換四、五人，那就麻煩了，但若是換到只剩四、五人，而且規則明確，他們本來都是來幫忙的前輩，不會計較的。就這樣解決。後來我在教育部時，學術審議委員會委員約一百人，多得不像話，有人知道我過去在國科會做過的事，建議仿在國科會之精神處理看看，我想也有道理可以試試，就減半啦。前面既已做過，膽子被撐開了，就全部解散，再選五十人組成新的學審會。看起來神經大條也有好處，不過我重組時絕不點名，全部放由學界推薦並甄選，因此也沒人說我暗中在搞小圈圈。

過去與劉兆玄多少有些認識，雖不是很熟，但在國科會期間常在公務基礎上與他合作，包括等一下會提到的人文與科技對話、全國人文社會科學會議、科技基本法等。我們後來分別擔任過九二一救災與重建期間的第一與第二位執行長，在李遠哲院長要發表「向上提升或向下沉淪」的總統大選前講話之前，我還安排李與劉晚宴，希望就九二一重建與政治取向，做一點朋友之間的理解及意見交換，國事如麻也如潮水，君子雖身處亂世也應找機會拉高層次互相對話，但當時局勢晦暗不明，社會充滿激情，大家不容易談嚴肅問題，就只好閒聊了。後來政黨再度輪替，劉當行政院院長時，我已在中國醫藥大學擔任校長，曾建議他說，一個像樣的國家，應該在快要來到的九二一大災變十周年（二〇〇九）時，大做一下，弄點有感的政策宣示，他甚以為然，好好地開了一個大會，但過了三個月動不了，我問了一些文官，原來是九二一時國民黨政府負責救災，但重建則在民進黨政府時完成，要辦十周年不好拿捏，而且重建部分顯然占大宗，上面沒特別交代，很難啟動。我雖然有點啼笑皆非，但還是幫忙調解後繼續推動。但劉後來在行政院院長期間，又因八八風災去職，剛好就在九二一十周年之前，只好草草交代。這種功敗垂成之事，他在擔任行政院副院長時，也發生在為華航空難舉辦之紀念會上，他要我負責，本來已找罹難的許遠東總裁大提琴老師張正傑參與規劃，並商請余光中教授專為這個悲劇寫悼念詩，台灣電通也拍了紀念短片在電視上試片中，但在舉辦前幾天忽然又摔一架，我就建議行政院不要辦了！那時我還在國科會，也參加他主持的教改行動小組，以繼續規劃行政院教改會所提出的總諮議報告書與民間四一〇行動的後續，並提出方案，教育部由行政領導經驗豐富的林清江部長負責，可惜因病早逝，要不然應有較佳成效。在方案中並另行提出「追求學術卓越計畫」，由教育部與國科會一齊推動，這可以算是後來標定研究型大學、規劃一流大學特別預算的起身砲。可惜這個教改十二項行動方案，號稱經費千餘億，變成大部分是由文官將過去已實施與延續性的計畫，塞進來的框架，欠缺上述兩項教改訴求中活生生的教育精神，若有呼應到兩成，我的老同學吳英璋（前台北市教育局長）說已經算是樂觀的估計了。在這段經常互動期間，他要我順便當當行政院顧問，我說我一向支持黨外的精神與在野的政治主張，雖然已經沒有黨外了，但就謝謝了吧。

人文社會科學的處境與演進

我到國科會人文處的隔年，就發行《人文與社會科學簡訊》，於一九九七年五月出版第一期，一直到改成科技部人文司仍發行不輟，已歷二十周年矣。回頭重看當時我所撰寫的發刊詞，主要列出幾個理由：1. 大專人文社會科學專職研究人員，約占全國大專各學術領域總合人數的百分之三十以上（學生數則約百分之四十以上），但國科會的研究計畫數只占不到百分之二十，研究經費則不及百分之十，一路下滑，可謂是沒有高調表現又被低度對待（under-represented）。2. 當時國科會已習慣用 SCI 作科技國力的總體呈現（但並非像現在一樣，以此當作個人升等的依據，主要還是當為一種總體資料的統計呈現），經費多少以此做大約分配，但人文社會科學界尚未習慣 SSCI，遑論 AHCI，因此並無穩定的指標可供參考。惟人文社會科學（尤其是人文學）有其語文、文化、傳統，及區域特性之考量，實不必完全照抄 SCI 或 SSCI，所以應有一個平台來溝通觀念，以尋找最佳之學術評估及學術卓越性的因應方案。3. 很多涉及大型規畫與計畫案、科技與人文對話課題、經典譯注、學術審查之專業與公正性、專業倫理之審議等項，都應有一個 Forum 來交換意見。4. 協助發布研究計畫申請與審查核定狀況，以及國內外相關學術動態。

《人文與社會科學簡訊》的發行，其實只是整個人文處所推動整套促進計畫中的一部分，在大約同時，開始規劃與召開史無前例為期兩天的全國人文社會科學會議，之前還先作了很多暖身動作與分區座談，包括確定執行經典譯注計畫，規劃成立人文與社會科學兩個全國性研究中心的提議，以及確認各學門擬定可資採認的，國內外可區分出三個等級之學刊與專書系列。會議結論則當為後來撰寫國內第一部人文社會科學白皮書之基礎，由劉翠溶等人勉力完成；另推動完成全國國內人文社會科學期刊分類分級評定的部分，則當為後來建置 TSSCI 資料庫之基礎。經典譯注在魏念怡研究員商請單德興等多位教授協助下，與聯經出版社展開長達近二十年的合作，出版了高水準約六十多部巨冊以各國語言寫出的經典作品。至於人文研究中心與社會科學研究中心，則在朱敬一接任人文處處長後，即已順利的分別在台大與中研院設立與運作，在二〇一二年一月合併為人文社會科學研究中心，設於台大繼續運作至今。

另外一件事是規劃並主辦十一場「科技與人文對話」，題材無所不包不脫現在大家所關心的課題，但在當時則是創舉。這十一場對話都由人文處找專家共同研議出來，依其順序大約是：與網路共舞、從出生到死亡的抉擇困境、性別與科技、科學與靈異現象、科技與傳統文化、文學藝術與科學、理性與感性、工程資訊科技與人文、語言與演化、宗教與科學、災害防治與永續發展。這些對話每場都有人文社會與科技專家參與，當時的主委劉兆玄主持不少場次，那時候的新聞與電子媒體不像現在，對這些題目都很有感，報導也多，記者們還取笑我們這是在燒國科會這個冷灶。有些值得再進一步發展且大家關切的題目，則合併放到學門內已經在做的大型計畫，或作跨學門跨處的研究規劃，包括有基因科技中的ELSI議題、網路科技的私密性問題、資訊時代中的人文與社會議題、認知科學尖端計畫、東南亞區域研究、社會變遷與社會意向調查（舊計畫）、跨國選舉與民主化議題、家庭跨時資料庫之建立等。全國科技會議受此影響，也開始將類似之部分議題，陸續放入正式的討論題綱，並做出具體發展的決議。

由於上述的工作，人文處被賦予制定「科技基本法」草案的責任，因為人文處有法律學門，事實證明先由人文處來負責擬定草案是對的，在蔡明誠與葉俊榮等專家的協助下，終於弄出一套內閣法與國內第一個基本法的規格，除了為台灣未來的科技發展搭出較完整的有利架構之外，也將美國一九八〇年Bayh-Dole法案專利授權的先進科技立法精神，斟酌納入本法草案的部分條文之中。（參考：幾個基本法的立法公告時間，分別是一九九九年一月的科技基本法、一九九九年六月的教育基本法、二〇〇二年十二月的環境基本法、二〇〇四年一月的通訊傳播基本法、二〇〇五年二月的原住民族基本法。）

國際事務部分則除了依常規，與各主要國家之科學基金會及科學院合作交流之外，另在駐德科技組胡昌智的大力協助下，與捷克、波蘭、斯洛伐克三國科學院合作，分別在布拉格與華沙合辦雙邊研討會，並在歐洲出版專書論文，國內學者因此認得不少布拉格、華沙，與Bratislava（斯洛伐克首都）的同行朋友。由於國際合作業務關係，我也與幾位學門召集人，一齊到波昂昌智的科技組所在地，訪問德國科學基金部門，之後在胡與彭清次的安排下，訪問瑞士伯恩人文研究委員會的負責人，與附近幾個大學的教授們聚會，並拜訪奧地利、荷蘭與比利時的重要科技及學術機構。當時分別一齊前往探查與參訪的學門召集人有法治斌、朱雲漢、吳壽山、曹添旺等人，國科會同仁則有林芳美、林翠湄、包蕙蘭、紀憲珍，以及負責荷蘭與比利時科技合作的彭清次，一轉眼已人事全非，只有過去國科會同仁還在科技部堅守崗位。

趣事與展望

國科會的工作並非都是一板一眼的業務，也有令人莞爾的時候，現在雖已經過二十來年，但想起來講給別人聽時，發現還滿有娛樂價值的，信手拈來就有三個例子。一位哲學系教授沒獲獎助，來請求恢復正義，說台灣沒人有資格評，我說國外呢，這位教授不敢說沒有，我接著說那就請準備英文本送國外審吧，以後就不來找我了。中研院某教授有一篇用中文發表的專著已獲獎助，隔年翻譯成英文本在美國一間著名大學出版社印行，再用這本英文專書申請獎助，未獲獎助後深不以為然來抗議，認為這是一個很大的成就，以英文專書方式在出名大學出版社發行，雖然內容相同，為何不能再度獲獎？還要求公開審查人名字。我當然不能同意，之後打了一個多月公開的網上筆戰，連國外大學同仁也參與論戰，熱鬧之至，最後也沒定輸贏，應該是不分勝負。還有一件是台大某教授，一直來要我給一個與國防有關的研究計畫，我說循正常每年一度的管道申請，他一定不從，認為我就有權力另外核給他，而且人文處也可以有委託計畫。我看這人心理狀態有問題，就要他找他們系上資深教授一齊先研究看看，並告訴他們系裡好好注意這位教授的行止。之後他沒事就送個花來，有一次來找我，說提了一桶汽油，不想嚇人，先放在樓下警衛處，談完離開時拿了一張紙在我面前，向紙上吐了一口水，說下次就沒這張紙啦。這傢伙還真難纏，後來因為與系裡發生嚴重糾紛，被送往精神醫院診治。

應推動成立「國家文學藝術院」

另外有一件經常在文學領域衍生的趣聞，大家都會互相調侃說台灣研究莎士比亞的傑出學者確實有幾位，世界上的莎學研究更是主流學術，拿到很多獎助與研究計畫，但大家都說假若莎士比亞復活前來申請，那是連第一關都過不了，因為他是劇作家，不是大學教授也不是學術研究者。與此相關的是台灣在學術功績之表揚上，有中央研究院院士之類的榮譽頭銜，但人文藝術創作與成就傑出人士，則無類似之榮譽頭銜，其實在國外所在皆有，如地位極為崇高的法蘭西學院、法蘭西藝術學院、英國的皇家藝術學會（Royal Society of Arts）與皇家藝術學院（Royal Academy of Arts）、美國藝術與科學院（American Academy of Arts and Sciences）、日本藝術院等，皆對傑出之文學藝術創作傑出人士，經由選舉授予院士頭銜。像趙無極、朱德群、吳冠中（皆為法蘭西藝術學院）、程抱一（法蘭西學院）、劉國松（美國藝術與科學院）等人都是。我們對文學藝術創作者之榮譽給予，實在是太過小氣也太漫不經心了，希望有一天能夠設置類似的學院出來，譬如說，設立一間由公私部門共同資助的「國家文學藝術院」，或者在「國家文藝基金會」的基礎上擴大設置，都是可以考慮的方向。

當年從台大轉調到國科會其實是很遲疑的，因為那時剛當完澄社社長，又加入忙碌的行政院教改會，正當壯年，學術工作負擔很大，但當時的處長鄭昭明用力遊說，楊國樞老師更說假如他年紀還輕，這是他唯一有使命感想去當的政府職務。就這樣一頭栽入，可說是後來涉入更多政府事務的遠因，實是始料未及。現在事隔二十年，回看人文社會科學在科技部學術總經費所占比例，已在百分之二十左右，可說已經大有長進，可喜可賀。但更重要的還是下一步要做出什麼樣的表現？很多專家在這個二十周年的聚會時，還是關心幾個老問題，如應該如何協助解決本土與社會問題、如何做跨領域及跨國的合作、如何從台灣出發建立學術領導性與人文學之詮釋主體性。這些主張雖卑之無甚高論，但了解台灣社會與中國及世界現狀的內行人，都知道這絕對不是一件簡單事。台灣是一個右派市場社會，在教育與醫療等項上則有左派理想，但卻無左派措施（如稅收占GDP的比例太低）；而且更嚴重的，台灣社會愈來愈趨民粹化，公權力又隨時準備媚俗，所以知識分子理應突襲出擊，當為均衡的主力，但應該現身的人文社會科學專家學者，現在真的還未找到有效的矯正方式。楊儒賓則另提出他的觀察，說沒想到這段期間對岸愈來愈標舉漢學、文化基本教材進入正規中學課程、對傳統與民國文化充滿想像，居然在做以前台灣所做，但現在意興闌珊的工作。真是風水輪流轉，看起來這方面的文化詮釋權大概很快會翻轉，台灣究竟能在哪裡取得利基，真的是台灣人文社會科學界必須面對的未來重大課題。但沒有反省，就不會有真正的改善，我們還在等待有效的啟動機制。

諸如此類的大問題，沒想到居然與一個像人文處這樣的小單位，後來會發生如此緊密的關連，可說始料未及，不過假若靜下心來思考，一個社會的長遠發展，若精神上不能以人文為依歸，實質上又無法提升社會福祉，則大家的努力究竟所為何來？這樣想想，覺得當年人文處的所作所為，到現在仍不斷的有回音，我想當年的同仁們心裡頭一定有些安慰吧。

（2017/5/5）

（文中部分內容取自〈人文與社會科學簡訊二十年〉，刊登於《人文與社會科學簡訊》，十八卷三期，頁八—一〇，二〇一七年五月。）

在員林中學調撥人生的基本調子

員中版的赤壁賦

九年國教在我進大學的三年後才實施，由此可知當年的教育環境不只封閉，而且越往上一級教育的在學率越低，除非是書香世家，很少人會那麼在意升學的，也很少會跨區去考所謂的明星學校，那時要升一級念書，都是要考一堆試的。我就這樣在彰化員林這個出生地，讀了隔壁的靜修小學與員林中學，各讀了六年一直到十八歲，從沒到過台北，更別說進過任何一間大學校園。現在想想覺得很神奇，那麼長一段時間是如何連上大學之路的。現在的人都不會覺得這種連接有什麼好談的，輕鬆平常到令人厭煩，但對我們，那可是在當時全未在嚴肅的生涯規劃之中，事後則是一個神祕待解的問題。後來想想，一定與民智初開之後的中學校園生活有關，一定是在那時調撥了人生的基本調子。

大概是懷著這種感恩的心情，所以大學畢業後這幾十年間，與員林中學（當然也包括靜修國小）的過去逐漸取得聯繫，也當過員中旅北校友會理事長以及文教基金會董事長，有很多機會與過去及現在的師友同學見面，參與相關活動，可以談的可以做的真是源源不絕，就像蘇東坡在〈前赤壁賦〉中所說的：「客亦知夫水與月乎？逝者如斯，而未嘗往也——惟江上之清風，與山間之明月，耳得之而為聲，目遇之而成色，取之無盡，用之不竭，是造物者之無盡藏也，而吾與子之所共適。」他最後寫說：「客喜而笑，洗盞更酌，肴核既盡，杯盤狼藉。相與枕藉乎舟中，不知東方之既白。」

我現在依上述弄一個員中版的赤壁賦，以博一笑：「你從員中校園看過流水與月亮嗎？它們一直在流動變化，但從沒消失過——就像員中校園的清風徐來，遠遠望過去的山中明月，耳朵聽到的聲音眼睛看到的顏色，都可以編織出歡樂的回憶，這是在員中挖不盡的寶物講不完的事蹟，我們與師友同學們從來沒疲倦過，因為我們有一個共同的過往與未來。——大家聽了都很高興的笑開了，趕快去打點吃的喝的，在杯盤狼藉中相談甚歡，差點忘了天都黑了，該回家了，下次相約再見吧。」

當我從靜修國小考入省立員林中學初中部時，令人懷念的洪樵榕校長已經到省議會出任秘書長，換了廖五湖校長（曾任台中縣長），他一直興奮的說要讓員中像個「沖天炮」，讓全台灣都知道員中的厲害！念初中時，最受學生愛戴的是教理化的吳國壬老師，以前從校門進來左邊有一棟紅色的科學館，是很多學生愛去玩的地方。初三念忠班，導師是教數學的葉連貴老師，他很性格，我們都很喜歡他，有一次在朝會時，進入我們班隊把一位同學頭上戴的「船形帽」給撥下來，痛罵他為什麼要在外面打架，而且更重要的，為什麼還打輸！真丟員中的臉。葉老師顯然是受過日本教育的，他不喜歡學生在外面惹事生非，但更氣的恐怕還是敢打架居然還打輸，他一定是吞不下這口氣。

讀初中時還有很多有趣的老師值得懷念。何乃斌老師是教國文的，但常常表演體操特技與伏地挺身給我們看，因為他的人很有趣，所以也開始喜歡他上的課。另外還有一位毛森林教官，他不是上英文課的，但自己出版了幾本如何學好英文的書，經常非正式的跟大家談英文的學習方法，而且講英文給我們聽，讓大家不會怕英文，把背單字當做是樂趣。那時上歷史課的是一位楊濬哲老師，口才很好，常說他有一百八十八隻眼睛（將「濬」拆字就可以得到一八八目），所以我們在亂搞時他都看得到，唬得我們一楞一楞的，當然也就不敢打馬虎眼。

進了學校，老師講什麼就做什麼，記得初中時有一位數學老師說學數學沒什麼訣竅，「多寫多做」就是了。我們都很相信老師的話，所以就真的多寫多做，一直到初中畢業。那時永遠的第一名，是一位大家崇拜的女生，畢業就保送師範學校去了。我們這些沒拿第一名的，大概有二十幾個「直升」上高中，還可免交學雜費，又免費送制服，學校還期許我們是「沖天炮」，大家就這樣念下來了，事後才知道縱使想要去報考台中一中、台中女中、彰中彰女之類的，大概也不行，因為學校把我們的畢業證書都扣住了（這是員中第一次這樣做，大概也是唯一的一次）。但也因為這樣，我們在高中畢業後很多人考上台大、師大、成大、政大、交大等國立大學，這在當時是很難得的佳績。

上了高中，導師是林大野老師，教工藝課，與學生很親近，鼓勵自主學習，在自由的氣氛下，被同學蕭水順（筆名蕭蕭，是位名詩人）與江文利（高等法院法官，可惜英年早逝）拉去合編《晨曦》雜誌，開始學寫詩，並引入《文星》雜誌、文星叢刊，與文星集刊。高二時全校選模範生，被推出去競選，靠同班同學趙純慎的大力幫助，全班四處拉布條打廣告，我則被安排上司令台、到初中與高中班級去拉票，講些莫名其妙的話，最後竟然在二十多位競爭者中拿到第一名。事後想想，這都是同班同學的努力支持，他們老早就已經學會如何打組織戰，否則憑我哪有這種功力！

在中學撥弄一根弦，人生長廊處處有回音

在高中念書時，從沒去過台北，也沒去過任何一間大學，因此後來在填聯考志願時，祇填了十二個文學院的系，反正家裡與老師也不干涉，學校祇說你填那麼少好嗎？我就多填了一個台大歷史系，沒想到考後聽收音機放榜，剛好中了這一個系，讀了一年才轉到心理系去。想想當時的員中真是自由，在自由之中文理兼修，所以轉到理學院也不會覺得很痛苦，後來還選數學作輔系。日後檢討起來有時會冒冷汗，當時年紀小也沒人引導，一個閃失隨時都會念不了大學進錯系，但居然都能逢凶化吉，還是要感謝好幾位優秀的高中老師。那時還未實施九年國教，因此師資多元化，來自各大名校；當時也沒人主張教材一元化，因此教科書一綱多本，這樣就給了我們很大的彈性學習空間。數學有成大畢業的丁一朗老師（高三）以及一位忘了名字的高一老師，他們都功力高強，我常去問他們問題，開了不少竅門。英語有台大畢業的陳忠信與楊芳枝老師，英語與文法呱呱叫，對學生好得不得了。歷史課有很會教的傅叔華老師，是一位謙謙君子。地理也是一樣，有兩位頂呱呱的老師（其中一位是王魯，另外一位應該是葉茂紀老師），大學教授都沒他們精采；我記得有學長出國深造，寫信回來鼓勵學弟妹時，說起出國的第一個新奇經歷，就是發現有一條國際換日線，他們搞不懂為什麼換日線會放在太平洋正中央

的經線上，而非放在商業活動頻繁的大西洋，而且為什麼換日線彎彎曲曲的，本來直直的一碰到島嶼就轉彎？信上最後說，要知道這些奧祕，看來只好請我們自己去問王魯老師！國文有鼓勵學生問問題的張侯光老師，我們經常在課堂上站起來與他討論四書中的疑難問題。這幾位老師縱使用今日的嚴格標準，大概也都是教學優良教師。另外還有一位很出名的蕭大闢老師教英文，可惜沒被他教過。

員中優秀的老師不祇是學科類的，那時還有教水彩的知名畫家張煥彩老師，教體育的邱鳳來老師與洪振生老師，邱老師是三鐵高手，洪老師則身兼拳擊教練與國際裁判，長得很像那位出名的性格巨星史提夫．麥昆。張永興同學有一次在上體育課時，意外的把鉛球丟到邱老師頭上，好在送急救後安然無恙。

那時的員林算是鄉下地方，隨便一個理由都可能不去上大學或者上不了大學，對比今日真有天壤之別，因為這段經歷，我對城鄉差距的嚴重性以及後天培育的重要性有深刻的體會，覺得應對下一代多加關注，以免流失上進的機會。我母親也經常跟我講同樣的道理，她沒念過什麼書，但永遠將子女的教育擺在第一位。她是個急性子，是非觀念分明，有戰鬥性格，面對別人的苦痛深具同情心並時時關懷。我在求學、任教與出任公職期間，只要出面參與公共事務有所作為，必定接到母親諄諄教誨的電話，甚或面囑一定要以持平之心，以蒼生為念，不得逾越做人本分。後來我曾有四年時間（自台大離職），掌理九二一震災災後重建與全國教育事務，在此期間一直不敢或忘，也期許自己能實踐社會公平與正義，對人類苦痛常持悲憫之心，對未來則常有願景，看來應是與當年出身鄉村，又有母親持續的叮嚀所致。

進台大歷史系讀了一年，開始想要完成高中的初心，那就是文理合一。轉理學院是一定的，但要轉什麼系還要有個理由與選擇才行。我曾將這個過程發表在台大演講的「我的學思歷程」之中，內容可以查《大學的教養與反叛》（二〇一四，印刻）一書。概略言之，乃係因為對夢之解析與對錯覺、幻覺、記憶等問題特別感興趣，打聽後知道要研究這類問題非心理系莫屬，但轉系要先修完微積分與物理，於是花了整個暑假修這兩門課，傍晚也在椰林大道上一邊看校園暮色一邊讀微積分，就這樣進了心理系。之後一直花時間來了解當初想轉系的這些問題，更變成是日後研究與教學的主題。我每次與年輕人聊天或演講，總要提醒他／她們莫忘初衷，不要忘了當初為什麼來念這一行的心意，尤其是對醫學生（包括西醫、中醫，與牙醫）的講話，不免會交代一下自己過去的故事。

回顧過去，常會發現年輕時不經意的撥弄了一根弦，人生的長廊因此充滿了回音。人生的起步可以非常多元，只要步步為營或及時修正，都能走出自己的一片天，趁年輕時善用學校的環境，替人生先定個調，相信每個年輕人都可以比出身艱難的我們做得更好。

（2017／4）

與人多講講逝去的親人

在風雨聲中一片寧靜之時，常會沒來由的懷念起逝去的親人。以前一位朋友在我母親辭世之後來信，告訴我說你們日後總有一天會在人生的轉彎處再見面的，從此以後有一段時間，經常會在角落看到匆匆離去，看起來有點孰悉的背影，在夢中聽到母親的叮嚀。與我有相同經驗的人為數不少，我們總會說多與人講講你逝去的親人，告訴別人，我真希望你／妳能在他／她生前有機會互相認識，但是過去如流水，回憶藏在轟轟的水聲中，就讓我在流動的水面上浮雕一些已經辭世的容顏吧。

母親辭世之時正是我從九二一重建會執行長任上轉任教育部之時，在這段短短的三個月時間，還安排她到我以前讀過的小學與中學走一圈，看了不少老照片，談起不少舊日生活，她勉力走完這些回憶之旅，相信一定也讓她想起年輕時照顧我們的過往，但過沒多久就離世了。我曾在過去出版的書與詩集之中，寫了一些懷念的故事與話語，但總覺得再怎麼寫，都沒辦法談完與她散步一次所談的內容，更別說從小到大的點點滴滴了。唯一釋懷的方法，大概就是與人多講講逝去的親人吧！

李商隱有一首詩〈夜雨寄北〉說：

君問歸期未有期，巴山夜雨漲秋池。
何當共剪西窗燭，卻話巴山夜雨時。

在這首詩中，你問親人的歸期，並致上永遠的思念；同樣的，她也在等待下次與你相逢夜雨中。

很多人在安靜的瞬間，忽然閃過已逝親人的臉，聽到不踏實一下子就不見了的聲音，就像快閃記憶（flash memory）一樣，真的是一閃而過，接下來就是淡淡的哀傷。這時大家都在等待的是，為什麼不多講講你逝去的親人，還有跟隨你一生時有時無的懷念！

以前讀《紅樓夢》時，最被吸引的段落之一，是第二十七回林黛玉春末掃花所吟的人生詠嘆調〈葬花詞〉，書中寫說賈寶玉在聽到「儂今葬花人笑癡，他年葬儂知是誰」、

「一朝春盡紅顏老，花落人亡兩不知」等句後，慟倒山坡。我想這也是一種年輕男女的深情對話吧，只不過《紅樓夢》寫的是自身強烈的悲苦，上了年紀的我們現在面對的是與逝去親人的遙遠互動，談的是一生的懷念，這種懷念心情也許淡淡的，也許時有時無，但卻溫暖伴隨我們走過一段長長的人生。

（2016／1）

典型在夙昔——憶路君約老師

早期在台大心理系上課時，各省口音都有，其中印象最深刻的就是混雜著台灣、日本與德國口音的鄭發育老師，以及操山東腔的路君約老師。路老師的心理測驗課，總是準備得井井有條，利用測驗樣張穿插實際的製作與施測經驗，因此很快就適應了他的口音，而且愈來愈喜歡上他的課。當時我與吳英璋是同班同學，班上才不到二十人，女同學總有辦法把他的話聽得清清楚楚，把筆記寫得完完整整，她們也都能抓到經常在外面遊玩的我們，在考試之前再度「惡補」一遍，因此我們對心理測驗的了解，也就比其他科目更深一些，而在這種討論基礎上所延伸出去的淡淡的師生之情，也就因此又長又久。

在往後的日子，我們也陸續聽到路君約老師的一些趣聞。如他經常應軍中之邀協助發展甄選測驗，有一次他到一個單位去，該負責的人竟沒出席，路老師甩手就走，留下一堆錯愕的人。這個故事，我要到日後才能有比較深入的了解。我曾擔任過民航局航醫中心的統計與心理學顧問；在負責九二一重建與全國教育事務時，也與軍中常有來往共事的經驗。軍中講究精確、階級森嚴，與恰如其份的對待，故在業務往來時，由其出面負責的方式，即可知其是否真心想做好一件事情。路老師顯然對這些分寸了然於胸，而且也有一套學界中人處理事情的原則，也因此才有這些趣聞。觀諸路老師對軍中發展測驗所做出的系統化重要貢獻，即可知他是一位深諳其中三昧的有心人，在今日學界這類人是愈來愈少了。

路老師是一位君子人，一位望之儼然即之也溫的典型。多年後重逢，我已任教於台大心理系，在路上碰到，即使他已退休一陣子，甫從美國回來，他親切地問好，恍惚之中，看到了與蘇薌雨、鄭發育等老一輩相同的風範，時隔多年猶歷歷在目。

有趣的是當年被路老師教心理測驗，日後換我教路老師的女兒路平（今日出名的小說家與評論家平路）統計學，在她身上我看到了路家良好的家教。我相信路平一定也多少有認同她父親的味道，因為在當為一位出名作家之前，她選了統計分析作為她第一個專業。也正因此，雖然路老師祇在台大兼任，而且日後也沒再兼，我們也祇上過他一門課，之後則因專精領域不同，也不常見面，但這種情感上的聯繫竟可維持數十年，早期的師生關係真是像有一條細線，一直把大家聯在一起。假如不是這樣，人生一定少了很多樂趣。

現在台大心理系的三位開山大老劉英茂、柯永河，與楊國樞老師，在我們當年念大學部時，還若隱若現，主要是靠蘇薌雨、鄭發育、張肖松、陳雪屏，以及兼任的路君約、黃堅厚等老師所撐起來的。回想這段歷史，真的應該感謝他們。再看台師大心輔系，一直在心理測驗研究，在實務上（如我比較熟悉的國中基測與中小學生智力測驗），對台灣的教育與學術持續做出重大貢獻。我雖非這方面的專業，但仍可看出其根深柢固的傳統，我想，路老師在這方面已做了他該做的，也做好了鋪路的工作。

真是典型在夙昔，在快四十年的時光中回看過去，真的有一批熱愛知識誨人不倦的老師，奉獻出一輩子，替今日台灣奠定了人才培育的良好基礎，路君約老師的扎實風格仍在天際閃閃發光。

（《路君約教授追思文集》，二〇〇五年）

那個時代在台大有一位張亨老師

從沒忘掉過的大一國文課

對張亨老師的印象真的就是謙謙君子，獲益最多的是在大一國文課上，共讀《左傳》，記得還有《史記》吧。《春秋》哪有那麼容易理解，但是像「鄭伯克段於鄢」，以及母子弄到「不及黃泉，無相見也」的困境，最後才想到可以挖地道闕地及泉，母子隧而相見之類的記述，故事性十足，怪不得《古文觀止》會將其放在篇首，真是適合當語文與文學閱讀，對文字的精鍊性與表現方式也有所體會。這種經驗是高中時所沒有的，讓人大開眼界。

另外一件就是交作文，已經弄不清楚一年要寫幾篇了，張老師會讓你感覺他好像從閱讀大家的作文中，嘗試了解我們，不時表示一些讓你一生中不容易忘掉的意見。我們班上好幾位傑出的女同學，每次發下批改過的作文時，上面都有一串圓圈圈，沒十個也有八個，後來有成為名作家與文教機構負責人的；男同學則大部分是進步獎，從四個小圈圈開始，愈來愈進入佳境，激勵人心未曾有出其右者。我剛進台大時讀的是歷史系，一年後就轉到心理系去，但待在台大的時間很長，所以後來還是會在校園中偶爾碰到張老師，碰到時總會閒聊兩句才離開，但是，這次是真的走了。

大一之後一晃居然已經五十來年，很多事情開始記不清楚，好在我們當年同班同學大部分讀完全程，像邢義田、黃俊傑、古偉瀛、張永堂、陳秋坤等人，後來都在國內史學界發光發熱，他們與張老師有更多的互動，其中古偉瀛記得最多（因為他小時是天才兒童，一路跳級，低我們兩歲），他說：「當年在六號館上課，上〈史記．淮陰侯列傳〉，聽到當時處刑，動不動就『亯之』（古字為亨），與老師名字相似，不覺好笑，當時覺得張老師身材高大，溫文爾雅，教起課來真迷人。天下有這麼溫柔謙虛的男人。——張老師後來專攻《荀子》，常常旁聽其他學者的課，記得梅廣從哈佛回台開課，我們都去旁聽，他也在。——」這一段話是有所本的，《史記》寫說在呂后夷韓信三族後，漢高祖回來後見信死，且喜且憐之，問：「信死亦何言？」呂后曰：「信言恨不用蒯通計。」高祖曰：「是齊辯士也。」乃詔齊捕蒯通。蒯通至，上曰：「若教淮陰侯反乎？」對曰：

「然，臣固教之。豎子不用臣之策，故令自夷於此。如彼豎子用臣之計，陛下安得而夷之乎！」上怒曰：「亨之。」通曰：「嗟乎，冤哉亨也！」……

一提起這一段，就想到在那個時代當為一位真英雄的宿命，韓信若個性如張良說不定可以保身，但卻當不了被百般惋惜與懷念的開朝英雄，所以只好在命運無情的擺弄下，流下連史書都不願書寫的英雄淚：

〈韓信英雄淚〉

明知高鳥已盡良弓應藏
仍然迷信路旁小兒指指點點
虛幻的國士無雙歌聲
要與亭長試比高
功臣氣盛就以血償還
枉費流下多少英雄淚。

依古偉瀛的說法，當年台大以師承北大遺風為職志，蔡元培當北大校長時就訂出大一國文課，要先修《史記》再讀《左傳》，輔以自學美學講義。所以我們當年國文課是有一點博雅經典的作法，《史記》與《左傳》又那麼具有故事性，讀上整整一年也讀不完，但先決條件是要有一位會說書講道理又能解密古文的老師，才能竟其全功。現在想想，好像也沒有比這個課程內容與講授者更好的組合了，想起古人所說典型在夙昔的講法，雖然並不是說今日就找不到這種老師，但最重要的是讓我們透過歷史通道，沿著古道，一路想像當年張老師如何的在我們青春年少的心靈上著色。

張老師的風範與啟蒙

張亨老師在今年（二〇一六）五月下旬辭世消息傳來，我們幾位當年歷史系同學，就在班網上寫一些懷念的短信，就像二〇一〇年初《麥田捕手》作者 J.D. Salinger 過世時，我們興起了一股濃濃的大一鄉愁與失落一樣（因為在大一時，我們同班同學有志之士幾乎人手一本《麥田捕手》、讀詩、聽演講看畫展、聽 Bob Dylan 的歌。）我終於逐漸想起了一些事情。

台大校園那時應該是滿追求西方風格的，《史記》與《左傳》何以能捕獲我們年輕的心？除了前面講的原因之外，可能有其時代氛圍。當時大一正是大陸發動文革（一九六六）的前一年，台灣社會上的政治氣氛則一直幾十年來，都是相當苦悶又不容易找到認同。那時台大只有文理法醫工農六個學院，但學生選課相當自由，我在大學就真的修過六個學院的課，校園內則流行著各式思潮，包括存在主義、維也納學派、邏輯實證論與邏輯經驗論、行為主義、精神分析、地下文學、搖滾樂、當代藝術思潮之類，那時大概也埋伏了一些職業學生在觀察這些聚會活動，不過校內也沒人會在意這些事情，但是後來發生了台大哲學系事件（一九七二至一九七五），才驚覺當年是太過天真不知險惡了。我們很多人來自中南部與東北部，那時台灣普遍貧困，在校園中不太會講究出身，舶來品也很少在校園出現，那時講的是誰有才華，誰是聰明人，誰若能一邊演算微積分與物理題目，一邊又弄懂《老子》與《莊子》，若能再打得一手好籃球，那就是校園極品了。在這種氛圍下，有一位老師英挺、安靜、迷人、娓娓道來，又對學生愛才惜才溢於言表（一直在作文上加圈圈），這就是一種典型的啟蒙。充滿故事性的《史記》與《左傳》，對我們高中整天要念四書的人而言，簡直就是荒漠甘泉，也打開了我們年輕自由的心靈。

再談為人師者的風範。我曾交一篇作文寫張健詩集的詩評。張健老師我一點都不熟，是張亨老師在中文系比較年輕的同事，講授有關中外古今詩歌與文學，同時也是藍星詩社主要成員。我後來了解張老師多年開設中國思想史課程，並於研究所開設中國思想專題研究、荀子、先秦諸子概說、易傳與中庸、近思錄與傳習錄、先秦諸子論心專題、莊子、中國人文精神之發展等課程。因此可以說兩人的專長與品味是各自大有不同，但他認真的看了我的作文，還批註說「真希望中文系有你這種學生」。有一種老師是一輩子令人懷念的，他對年輕同事的成就樂觀其成，再加上前面古偉瀛說起一齊聽梅廣上課的往事，我想他是那種心胸開闊，與人為善，且時時以學問為重的學者。但後來我聽說張老師在想要回復人間與學術正義上，又頗有分寸與堅持，這些與我後來看到他白髮、低調、堅毅，但又鬱鬱寡歡的混合形象，是相容的。

張老師對回復正義之作為默默支持的事實，我後來在協助籌組台大教授聯誼會時也有點了解。那是在一九八七年解嚴前後籌組的台灣第一個教授聯誼會，在敏感又具有關鍵性的會議及成立大會上，我有時會看到他默默支持的身影。那時的台大已有非正式的四大寇組合（胡佛、楊國樞、張忠棟，與李鴻禧），也是一九八九年成立澄社的重要創社會員，但他們主要是在外面努力台灣的民主運動。倡議在台大籌組教授聯誼組織則是黃武雄提出的（我歸納出這應該是他解放集體心靈系列工作中的第一擊，後來則是一九九四年想要解放中小學的四一〇教改，以及之後以解放社會為職志的社區大學），但在解嚴前由於還在戒嚴鬆動的敏感期間，籌設過程仍是風波不斷，校內校外的阻力陸續介入，我是在正式成立前一兩個月才全力協助這件事。四大寇當時都出席成立大會，很多資深又有良好學術聲名的老師前來支持（這是台大一向的傳統），更難得的是文學院的參與也算踴躍，以歷史系為主中文系為輔，後來張忠棟還當了第一任會長。就是在這樣的困難情境下，我看到了張老師的身影。雖然後來一直想問夏長樸是誰請他參加的，但都忍下來不問，因為這樣就表示我不太尊重張老師（雖然他不會介意），他一向是心中自有溪壑的，他是為了台大的未來而來的。

我後來因為一直在理學院，對文學院了解得較少，但總是相信以張老師的風格，一定會在文學院中展現一種低調但堅持的風格，這是老式文人令人難忘的情操吧。我雖然想循這個思路想下去，但時空之門已經關閉，我的思念是道阻且長，穿不透歷史的迷霧，已經看不清楚張老師的一生，留下的是他曾照亮過的道路，路上看得到我們塗過的顏色，還有張老師幫我們修改過的痕跡。

請校園蟬聲送張老師一程

六、七月間走入台大校園，忽然一片蟬聲迎面而來，讓人措手不及，一下子就回到過去。回想離高中還很近的大一時代，當空氣開始變熱時，兩樣最形象鮮明的就是蟬聲與鳳凰花紅，好像在預示著即將離別，也是學年即將結束之時。我們有時間就到六號館旁邊的小福（也就是後來台大學生活動遍地烽火時，常開校務會議與協商的地方），吃根冰棒，看看張老師發下的作文，誰的圈圈多，談談詩歌與文學，日子曾經這麼有趣過。現在張老師已經走了，我想他晚年在六、七月間的台大校園散步時，一定也會聽到一大片如潮水般的蟬聲，再配上熊熊烈火的鳳凰花影，不知他有沒閃過一些影像，印象中有我們當時年輕的身影？就替張老師想像一下，把我們對他的思念也融入到蟬聲與鳳凰花影中，替老師送行吧：

晚年聽蟬已近黃昏
那蟬聲竟然可以悠閒的
將各種思念
化成一根根在河邊風中
搖擺不已的蘆葦
一弦一柱
追憶起似水年華，
那仍然燦爛的鳳凰花群

欲言又止
在飛鳥的牽引下逐漸遠離
轉化成為天邊戀戀的背景。

（2016 / 7）

（中央研究院《中國文哲研究通訊》第二十六卷第三期，頁三九至四三，二〇一六年九月。）

懷念林憲教授

第一次遇到林教授應該是他剛接台大醫院神經精神科主任的時候吧，現在時隔四十多年，他也走了。我再將林教授於一九七一年撰述的《精神醫學史》，拿出來重讀一遍，看到的是一位在那個時代全盤掌握整個精神醫學大勢的學者，在密密麻麻的八十頁書中娓娓道來，實深感動。但學術與醫療只是林教授迷人生涯中的一環，雖然是最重要的一環，我仍然清楚感覺到林教授本質上是個浪漫的人，雖然表面上看不太出來。我這一生中只去過一次在延平北路的波麗路（Bolero），就是在林教授安排下去的，這間餐廳在一九三四年，仿拉威爾的名曲曲名而設，為當時台灣文人藝術家與學者聚會之所，就像十九世紀末二十世紀初佛洛伊德常去的維也納中央咖啡廳（Café Central）。

我想在此提出三點經歷來懷念林憲教授，他真是我一輩子忘不了的人。

1.林憲教授曾是我的啟蒙者。我們在台大念書時（一九六五至一九六九），同屬大三的醫學系與心理系有定期的月會，由胡海國與我負責聯絡，吳英璋則是固定的熱心參與者。後來請林憲教授同意我們在旁觀診，並安排訪視一位有妄想症狀的僑生及其家人，他說昨天晚上晉見毛主席（那時正是大陸文革剛開始，毛澤東思想盛行之時），慰勉有加——。之後參加精神科的個案討論（case conference），林教授透過現在大概已經不做的誘導方式，那位個案開始踮腳收手尖著細嗓子，就像個小孩子，讓我們在現場清楚看到什麼叫做「退行」（regression，一種防衛機轉，也最能描述當時最流行小說《麥田捕手》主角的行為。）這些對我而言都是第一次經驗，到現在時隔四十多年，都還歷歷在目。

雖然我不是走臨床路線的人，但當年仍是精神分析鼎盛之時，讀心理系而對精神病理與佛洛伊德沒興趣，那是不可思議的。在那個年代，「生物精神醫學」（biological psychiatry）還在萌芽，就像心理學的學習與記憶實驗研究，仍以功能走向為主流，生物與分子層次都還在起步階段一樣。有人認為在一九五二年抗精神病藥物（如chlorpromazine）的發明，對精神醫學逐漸產生革命性的影響，台灣第二代精神科醫師也因之慢慢轉變方向，在日後愈來愈走向生物取向的精神醫學，但學術轉彎在何時轉出明顯軌跡，除了需觀察國際大勢及走向之外，還需參考國家社會的發展狀態，以及專業精神醫學圈的氛圍。我記得在大學階段，還是有濃濃的精神分析風。

林教授的離去（一九二五至二〇一六），大約象徵著佛洛伊德對台灣曾有過全面影響的世代，即將過去。二〇〇〇年諾貝爾獎得主哥倫比亞大學教授Eric Kandel（一九二九年出生於維也納），是與林教授大約同時代的人，他也是因佛洛伊德之故立志當精神科醫師，見證了那個世代的風光與衝突，現在仍是少數的堅定支持者，但這個世代也一樣快過去了。我們無限懷念，並感謝在我們仍然有信仰的時候，有機會受到他們的指導與啟發。

2.林憲教授也曾是我的前輩同事。很神奇的，四十來年前到民航局航醫中心當統計學與心理學顧問，每星期去半天，林憲與洪祖培教授已在那邊，都是大前輩，正當壯年之時。鄭文思、戴榮鈐、何邦立先後當主任，張光蘊飛將軍是督導人，那時黃妙珠醫師也在那邊。在陳美智居中協調下，我們一齊出版不少神經心理測驗與飛航人員性格的論文及專輯。當然也有觀點不同弄到吵架的，而且吵到別人下來勸架，聽說林教授吵起架來有時是很厲害的，沒想他居然是不分年齡。之後一齊搭計程車回去，我先在中山北路下，到哥倫比亞餐廳聽胡德夫等民歌手唱歌，他說下禮拜要再來喔，下次見面就心中全無芥蒂了。就這樣連續好幾年，一直到後來出國才停止。現在想想，這段時間真的是我人生中很具有啟發性的年輕歲月。

我那幾年與他常有來往，發現他在精神上，是深入劍道與武士道的修練者；在學術上則是個銳利的人，聰明而且專注，是一位敏感的觀察者與銳利的分析者。我想他的同事與當時精神醫學界的年輕世代，一定會覺得他是個銳利又有主見的學術及臨床教授。

3. 最後談談林憲教授的文藝情懷。他在一九七二年仍任台大神經精神科主任時，替賴其萬與符傳孝翻譯的《夢的解析》，仿西班牙畫家達利畫夢之畫風，畫了一幅「夢的試作圖」；後來他送我一本日文詩集，裡面有好幾幅他的畫作。在我剛到中國醫藥大學擔任校長時，出了第一本詩集，想都有快二十幾年沒見面了，很懷念他，二〇〇七年九月就請陳端（陳薇理）代送《當黃昏緩緩落下》這本遲來的詩集，過一陣子林教授來電說讀出詩裡面的寂寞。他其實是個寂寞但溫暖的人，我想送他一首一九七二年寫的〈時間〉後半段：

走在這條枯了幾枝楓葉的

有點微風的路上
不必揮手
只須輕輕一點頭。
此刻已是黃昏夾著
蔚藍如洗的落寞。

面對時間的流逝，我們不免孤單寂寞，但是心中還是一片寧靜，有時還帶著溫暖。

謹以這首詩為林教授送行。

（2016 / 8 / 22）

喜愛飛行的郭宏亮教授

北投文物館與花蓮市松園別館，聽說在二戰後期都曾是神風特攻隊喝酒告別的地方。神風特攻隊一邊駕機俯衝一邊高喊萬歲的行為，很容易就被歸類為具有強迫偏執症狀（obsessive-compulsive），在當年精神分析學派盛行的年代，文化人類學家Ruth Benedict在其《菊花與劍》一書中，就主張這種行為的背後機轉，乃係小孩時大小便訓練太嚴格，以致走不出肛門期的心性發展階段，就固著在那邊，不能及時跳到另一發展階段，以致在日後發展出強迫偏執性格。

我對這種理論不可能太過當真，身邊也沒有蛛絲馬跡可供驗證的案例，最主要是碰不到參加過神風特攻隊，但現在還活著的人。沒想到，後來我碰到了郭宏亮教授。他是客家人，先在中原大學後來到陽明大學教授物理學，我是因為年輕時做了一些心理聲學的研究，又恰逢台灣要建立環境影響評估制度，啟動了一個示範計畫，我與吳英璋負責噪音及振動的測量與模式評估工作，因此參與不少「台灣聲學學會」的活動，後來還當過理事長，這個學會過去仿日本說法稱為音響學會，是耳鼻喉科王老得教授與台師大衛教系黃乾全教授、台大海洋工程研究所陳義男教授、聲學元件及儀器公司負責人，與大家一齊創立的，我就是在這時認識了充滿生命活力的郭宏亮教授。

郭教授說他年輕時志願加入神風特攻隊，訓練了三個月，都還來不及上戰場，日本就無條件投降了，我問他為什麼作這種危險的決定，以命相搏？他的回答令人大吃一驚，他說是因為當時年輕很愛吃肉但又很難吃到肉，由於進了神風特攻隊訓練就有肉吃，因此他就滿心歡喜地加入了，當時年輕不會想到生命安全問題。開過飛機的莊仲仁老師曾告訴我，神風特攻隊的特性是有出無回，也不會加灌回程汽油，因此飛行技術的要求大幅簡化，大概訓練六、七個月就可以上去了，結果郭宏亮訓練了三個多月，都還來不及上去，日本就宣布無條件投降了。

在他已經退休後，因為女兒在復興航空工作，搭國內航班不用錢，他時間可以的話就搭早上第一班飛機，從台北到高雄，再從高雄搭下一班回台北，如是者持續好一段時間。我問他這是怎麼回事，他說搭飛機不用錢又可以吃免費早餐，為什麼不坐啊！

哇，這都是些什麼理由，我怎麼可能相信！小小研究一下就知道這位受日本教育的老先生，是不會公開說出真正理由的，公開講的則是隨便應付的掩蓋式語言。這個理由應該很簡單，我認為他從小開始就強烈的喜歡飛行，因此在年輕時有機會就參加能夠自己開飛機的神風特攻隊訓練，年紀大時有機會也不放棄搭乘別人幫他飛的空中旅行。我當然不能完全確定自己的推測，也無法解釋他為什麼會那麼喜歡飛行，因為旁邊的人對這件事既不敏感也沒興趣，更不能直接切入問人隱私，說不定他一時之間也無法作出肯定回覆。但是我一直就是以這種方式，來體會他過去一生中曾經有過極具特色的一面。

今天是他九十二歲離世的告別式日子，與他相識快四十年，這樣一位自自然然愛上飛行的老先生，一生不悔其志，真是令人懷念。

（2017／5／20）

文學叢書 554

INK PUBLISHING

從沒停止過的思念

作　　者　黃榮村
總 編 輯　初安民
責任編輯　施淑清
美術編輯　林麗華　黃昶憲
圖片提供　黃榮村
校　　對　施淑清　黃榮村　阮達國

發 行 人　張書銘
出　　版　INK印刻文學生活雜誌出版有限公司
新北市中和區建一路249號8樓
電話：02-22281626
傳眞：02-22281598
e-mail：ink.book@msa.hinet.net
網　　址　舒讀網http：//www.sudu.cc

法律顧問　巨鼎博達法律事務所
施竣中律師
總 代 理　成陽出版股份有限公司
電話：03-3589000（代表號）
傳眞：03-3556521
郵政劃撥　19785090　印刻文學生活雜誌出版有限公司
印　　刷　海王印刷事業股份有限公司

港澳總經銷　泛華發行代理有限公司
地　　址　香港新界將軍澳工業邨駿昌街7號2樓
電　　話　(852) 2798 2220
傳　　眞　(852) 2796 5471
網　　址　www.gccd.com.hk

出版日期　2018年2月　初版
ISBN　978-986-387-224-5

定　價　340元

國家圖書館出版品預行編目資料

從沒停止過的思念／黃榮村 著；
--初版，--新北市：INK印刻文學，
2018.02　面；14.8× 21公分（文學叢書；554）
ISBN　978-986-387-224-5（平裝）

855　106023556